사랑
후에

오는

것들

愛のあとにくるもの

Ai no Ato ni Kurumono by Hitonari Tsuji
First appeared in 2005 in serialization under the title "Meon Ha-neul Gakkaun Bada"
by HanKyoreh Shinmun Company and published in 2005 under the title "Sarang Hue
Oneun Geotdeul" by Sodam&Tae-il Publishing Co., Ltd.
Korean translation rights arranged with JT Communications
through Japan Foreign-Rights Centre/Shinwon Agency Co.

츠지 히토나리 지음

김훈아 옮김

사랑 후에

오는 것들

소담출판사

눈 아래 펼쳐진 서울의 조감도는 정밀한 반도체 기판, 마치 집적회로 같은 미래 도시를 연상케 한다. 상상했던 것 이상으로 도시는 훨씬 거대하고 그 중심을 좌우로 흐르는 한강은 에너지를 이동시키는 대동맥 같다.

출국 직전 칸나는 내 등에 대고, 그 사람 만날 거지, 하고 참고 있던 말을 터뜨렸다. 내 머릿속에 그 사람의 고개 숙인 듯한 얼굴이 되살아난다.

태양이 구름 사이로 얼굴을 내밀자 기판인 도시에 갑자기 활기가 넘친다. 한강 수면이 예리하게 반사된 순간, 나는 거기에서 수천 년의 역사를 살아온 용 한 마리를 보았다.

그날 마음의 벽에 후회라는 상처를 새겼다. 그 지워지지 않는 상처를 바라보며 칠 년을 보냈다. 그런 내게 그 사람이 오늘을 살고 있는 한국을 방문함은 마음 편한 여행이라고 할 수 없다. 서서히 고도를 낮추는 기내에서 밀려오는 후회로 마음과 영혼이 함께 흔들린다. 한강이 다시 반짝인다. 나도 모르게 이마를 유리창에 댄다. 내뿜은 김에 창이 뿌옇게 된다. 지금이란 시간은 홍이와 헤어진 순간에 멈춘 채 오늘까지 연연히 이어진 시간의 쇠사슬이 만들어 낸 매듭이다. 이 짧은 여행 중에 그 매듭을 풀 수 있으리라고 나는 생각지 않는다. 평생이 걸려도 풀 수 없는 올가미 속에 나와 홍이가 있다. 그저 그 사람이 살고 있는 서울을 찾아, 같은 하늘 아래에서 그녀와 같은 공기를 마실 수 있다면 하는 생각으로 비행기를 탔다.

"거짓말. 그 사람 잊지 못했으면서."

칸나의 목소리는 진실을 꿰뚫는다. 도대체 누가 후회라는 말을 만들어 냈을까. 신은 사람에게 후회하게 함으로써 무엇을 배우게 하려는 것일까. 무겁게 짓눌리는 시간의 쇠사슬을 등에 지고 아래를 내려다본다.

그날 홍이와 나는 이노카시라 공원 호수에 놓인 다리 중간에서 만났다. 몇 초였을까, 시간의 쇠사슬이 우리를 옭아매었다. 크게 뜬 서로의 눈동자 속에서 우리는 어떤 미래를 바라보았을까.

그날 홍이는 새하얀 티셔츠에 트레이닝복을 입고 이노카시라 공원 호숫가를 달리고 있었다. 빛나는 수면보다 하얗고, 불어오는 바람보다 빠르게. 나는 멀리 낙엽이 깔린 숲 기슭에서 그 모습을 바라보고 있었다.

그날 홍이는 지금까지 본 적 없는 얼굴을 하고 내게 소리쳤다. 이상하게도 그 기억만큼은 소리가 없다. 물소리도 바람 소리도 웃음소리도 거리의 소리도 아무것도 없다. 나를 향해 항의하는 그녀의 붉어진 얼굴이 마음속 화면에 새겨져 있을 뿐이다.

그날 나는 그녀가 돌아오기를 기다렸다. 다음 날도 그다음 날도 나는 줄곧 그녀가 돌아오기를, 여느 때와 같이 입가에 부드러운 미소를 띠고 돌아오기를 하염없이 기다렸다. 하지만 그녀는 두 번 다시 내 앞에 모습을 나타내지 않았다.

지금 나는 햇빛 찬란한 서울 거리를 홍이의 웃는 얼굴과 겹쳐 바라본다. 건물의 형태나 거리 모습을 점점 육안으로 구별

할 수 있게 되자, 마침내 긴장한 내 몸이 굳어 간다.

한국어 안내 방송이 흐른다. 리드미컬하고 음악 같은 외국어. 그때 홍이는 좀처럼 내 앞에서 모국어를 사용하지 않았다. 나는 그 이유에 대해 생각해 본 적이 없었다.

기내에 겨울 햇살이 스며든다. 비행기의 선회에 따라 빛줄기가 칠 년이라는 세월을 되돌아보듯 기내를 가로지른다. 빛의 자락을 찾아 창밖을 내다본다. 태양과 시선이 부딪친다. 부딪친 햇살에 눈이 부셔 반사적으로 눈을 감고 만다. 감은 눈 뒤편에 그저 아무 말 없이 달리는 하얀 옷의 그녀, 최홍이 있다.

어째서 홍이는 그렇게 달려야만 했을까. 이제는 그 이유를 조금이나마 이해할 수 있다. 어째서 홍이의 외로움을 좀 더 이해해 주지 못했을까. 어째서 그녀 입장에 서서 생각할 수 없었을까.

착륙하는 순간 기체가 흔들렸다. 서울에 도착했다고 속으로 중얼거린다. 하네다를 출발해 겨우 두 시간 반밖에 지나지 않았다. 게다가 시차도 없다. 칠 년 동안, 어째서 나는 서울에 올 생각을 하지 않았을까. 이렇게 가까운 나라인데. 혹은 너무 가까운 나라여서였을까.

"준고는 아직도 그 사람을 잊지 못하는 거야. 그러니까 날 사랑할 수 없다고 하는 거잖아. 난 그 사람이 미워. 아직도 네 마음을 잡고 놓아주지 않는 그 사람이."

칸나는 가끔 내게 잔소리를 하고, 나는 이미 지난 일이라고 대꾸한다. 그래 모든 게 이미 늦은 옛날이야기다. 사람들이 자리에서 일어나고 순간 기내의 긴장이 깨진다. 성급한 승객들이 통로에 늘어서기 시작하지만 나는 자리를 뜨지 못하고 있다.

"변하지 않는 사랑이 있다는 걸 믿어?"

연신 내리는 빗속에서 홍이와 나는 우산 속에 갇혀 이야기를 나누었다.

"변하지 않는 사랑이라…… 어려운걸. 하지만 분명 어딘가엔 있을 거야."

홍이는 이노카시라 공원 호수면을 바라보며, 어딘가에? 그게 어딜까? 하고 중얼거렸다. 나는 어딘가지, 하고 말하려다 그만두었다. 수면에는 빗방울이 만드는 무수한 원들이 그려졌다 금세 사라져 갔다.

수하물 수취대에서 작은 트렁크를 찾아 도착 로비로 발을 옮겼다. 마중 나온 사람들이 기다리고 있는 현대적인 로비의 눈부신 공간 끝에서 시선이 매듭을 만든다. 갑자기 소리가 사라지고 모든 것이 움직임을 멈추었다. 기억이 단번에 칠 년의 세월을 거슬러 올라간다. 무슨 일이 일어났는지 알 수가 없다. 무슨 일이 일어나려고 하는지도 알 수가 없다.

　모세가 바다를 둘로 나눈 것처럼 시야를 가르는 길이 생기더니, 그 끝에 홍이가 있었다.

　우리는 시간의 쇠사슬을 움켜쥔 채 서로 아무 말 없이 그저 멍하니 한강의 용이 가져다준 기적 앞에 서 있을 뿐이다.

2

이제껏 기적이라든지 우연이라든지 하는 말을 한 번도 믿어 본 적이 없었다. 그래서 그런 일이 실제로 눈앞에서 일어나면 놀라움에 앞서 사고가 정지되고 만다. 홍이 옆에 서 있던 여자가 무슨 말을 했다. 당황한 홍이가 일본어로.

"아오키 씨?"

하고 작은 소리로 물었다. 하지만 얼른 손에 들고 있던 메모를 훔쳐보고는 고쳐 말한다.

"실례했습니다. 사사에 선생님, 한국에 오신 것을 환영합니다."

사사에 히카리는 내 필명이다. 본명인 아오키 준고는 공표하지 않았다.

"저는 오늘 통역을 맡은 최홍이라고 합니다. 그리고 이쪽은 선생님의 담당 편집자인 이연희 씨입니다."

홍이가 약간 고개를 숙이고 말하자, 꽃다발을 내민 내일출판사 편집자 이연희가 서툰 일본어로 기다리고 있었습니다, 하고 인사를 한다.

나는 꽃다발을 받아 들었지만 예기치 못한 갑작스러운 재회에 동요한 나머지 고맙다는 말조차 제대로 할 수가 없다. 작게 고개를 숙여 보이며 백합 꽃다발을 가슴에 안았다. 칠 년이라는 세월이 흘렀다. 하얀 옷을 즐겨 입던 홍이는 지금 어른스러운 검은색 정장 차림을 하고 내 앞에 서 있다. 그 시선에는 예전의 상냥함을 찾을 수가 없고, 어딘가 차갑고 무표정해 어색하기만 하다. 기적적인 재회가 의미하는 것은 무엇일까. 어떤 의미가 여기에 담겨 있는 것일까. 다시 시작할 기회가 주어진 것일까? 아니면 결정적인 마지막을 가져올 전조일까?

그날 나는 슬픔으로 힘겨운 날들을 보내고 있었다. 커다란 실연의 아픔을 짊어지고 고개를 떨군 날들을 지내고 있었다.

수업을 빠지고 공원을 거닐며 상처 입은 마음을 달래면서 먼 하늘만 바라보고 있었다. 이노카시라 공원의 벚꽃이 지기 시작하고 있었다. 절정이 지난 벚꽃 잎이 눈처럼 날리던 날이었다.

아이들 웃음소리에 뒤를 돌아보다 나를 바라보고 있던 여자와 눈이 마주쳤다. 흰옷에 훌쩍 큰 키 때문에 눈에 띄었다. 사내아이 하나가 홍이와 부딪쳐 그녀가 들고 있던 뭔가를 떨어뜨렸다. 모든 것이 순간의 일이었으나, 그때 두 사람 사이에서 춤을 추며 흩날리던 벚꽃의 우아한 움직임과 아이들의 웃음소리, 홍이의 빛나는 커다란 눈동자, 지나가는 바람 냄새, 나무다리 위에 굴러 떨어진 휘파람 부는 소년 인형 등을 아직 기억한다. 나는 얼른 인형을 주워 흰옷을 입은 그녀에게 내밀었다. 그녀가 손에 쥐고 있던 소년 인형은 소녀 인형 곁으로 아무 일 없었던 것처럼 돌아갔다.

"부서지지 않아서 다행이에요. 정말 애교 있게 생긴 귀여운 인형인데요."

홍이는 한 쌍의 인형을 손으로 감싸고는 우리나라 사람들이 좋아하는 닥종이 인형이에요, 하고 말했다. 나는 당황하며 아, 일본 사람이 아니군요, 하고 바보 같은 대답을 하고 말았다. 그러자 홍이는,

"일본 사람이 아니면 안 되나요?"

하고 되물었다. 내가 어쩔 줄 몰라하며 고개를 젓자 홍이의 얼굴이 봄처럼 일제히 꽃을 피웠다. 첫눈에 웃는 모습이 예쁜 사람이라고 느꼈다. 실연으로 쓰라리던 마음이 순간 위로가 되었다.

낮게 드리운 구름처럼 하늘을 가리고 있던 벚꽃이 바람결에 흩어지며 꽃보라를 만들었다. 나는 주위를 둘러보며 벚꽃 예쁘죠? 하고 자랑했다. 잠시 사이를 두고 홍이가 말했다.

"한국에는 이런 말이 있어요. 사람이 꽃보다 아름답다는."

"한국에서 왔군요."

빤히 들여다보는 눈길에 나는 허둥댔다. 불순하게도 입 맞추는 순간이 연상되어 동요하고 말았다.

"일본에서 살아요? 아니면 여행?"

"모르겠어요. 살아야 할지 스쳐 지나가야 할지, 여기가 좋아질지 아닐지……."

그녀가 말하는 일본어에는 악센트가 없었다. 일부러 의식하고 악센트를 지웠다는 사실을 나중에 알았다. 하지만 그때는 작은 소리로 말하는 그녀의 말투가 귀여웠다. 서툰 일본어는 오히려 조용하고 부드러웠다. 세심하게 단어를 고르면서도 직설적으로 이야기하는 홍이의 모습에 끌렸다. 하지만 그건 일본인인 나의 일방적인 오해로 그녀는 그저 최선을 다해 말을 엮어 낼 뿐이었다. 어학 실력이 향상됨에 따라 홍이의 일본어는 속도와 활기를 띠게 되었다. 그리고 첫인상과는 다른 건강한 일본어가 모습을 드러냈다. 말이 능숙해지면서 소녀는 지기 싫어하고 씩씩한 여성으로 내 앞에 나타나게 된 것이다. 언제나 첫인상만큼 믿지 못할 것도 없다.

"스쳐 지나갈 건지 머무를 건지 빨리 결정해야 해요."

홍이는 그때 나를 뚫어지게 응시하면서 단어들을 짜냈다. 처음 만난 사람을 어떻게 이렇게 똑바로 쳐다볼 수가 있을까 하는 생각이 들었다.

"이거 지금 생각한 건데 어쩌면 사는 쪽으로 결정할지도 모르겠어요."

우리는 함께 잠시 벚꽃을 바라보다 헤어졌다. 또 만날 수 있겠느냐고 내가 묻자, 홍이는 고개를 크게 끄덕였다. 조금은 갈색빛이 도는 윤기 있는 머리카락이 바람에 날리니 지적인 이마가 드러났다. 넓은 이마 밑의 정열적인 눈동자는 온 세상의 빛을 빨아들였다가는 다시 쏟아 내고 있었다.

지금 나는 같은 눈동자를 훔쳐보며 한 번 더 저 눈동자에 그날과 같은 눈부신 빛이 깃들기를 기원한다. 시선을 비키며 걷기 시작한 홍이는 과거를 완전히 잘라 내버린 사람 같다. 그날의 눈동자에 어렸던 빛은 거기에 없다. 그녀는 이미 다른 세상에서 다른 누군가를 사랑스럽게 바라보며 살고 있는 것이 틀림없다.

기적적인 재회에 흥분하고 있는 나를 타일러야 한다. 마음의 지평에는 웅장한 한강과 같은 칠 년이라는 세월이 가로놓여 있다. 최홍의 현재를 방해할 권리가 내겐 없다.

"선생님, 가시죠."

먼저 앞서 걸어가는 통역사에 곤혹스러워하며 편집자가 미안하다는 듯 말했다. 나는 백합 꽃다발을 안은 채 발을 뗄 수가 없어 그저 옛 연인인 홍이의 뒷모습을 바라보고 있다.

3

공항 건물 밖으로 나서자, 기다리고 있던 영하 십 도의 추위
와 에는 듯한 차가운 바람에 저절로 몸이 움츠러든다. 출판사
에서 준비한 밴에 올라탔다. 옆에 홍이가 있다는 사실이 좀처
럼 받아들여지지 않아 나는 평소보다 말이 없어졌다. 말은 언
제나 오해를 낳는다. 어렸을 때부터 다른 사람들의 말이 두려
웠다. 논쟁을 벌이는 것은 무엇보다도 힘든 일이었다. 정색을
하고 논쟁을 벌이는 사람들을 항상 차가운 눈길로 보았다. 유
치하지만 결실 없는 논쟁을 하기보다 침묵을 지키는 쪽이 훨

씬 힘 있다고 믿고 있었다.

그날 홍이는 내게 말했다.

"윤오는 어째서 자기 마음을 말로 표현하지 않는 거야? 한국 남자들은 확실하게 말을 해. 일본에서는 말 없는 것이 남자의 미덕인지 몰라도 잠자코 있으면 상대방에게 전달되지 않는 경우도 있는 거야."

윤오란 준고潤吾를 한국식으로 부른 것이고, 나는 반대로 홍이를 일본식으로 불렀다.

"베니紅, 나는 말을 잘 못하기 때문에 소설을 쓰는 거야."

홍이는 그렇지, 하고 어깨를 들썩여 보였지만 납득한 것 같지는 않았다. 우리의 논쟁 아닌 논쟁은 언제나 이처럼 싱겁게 중단되고 말았다.

지금 옆에 앉아 있는 홍이에게 뭔가 말을 걸어야 한다. 같은 잘못을 되풀이하지 않기 위해서라도 말이 필요하다. 칠 년이라는 세월이 방해한다. 갑갑하리만큼 입은 무겁게 닫힌 채 좀처럼 말을 자아내려 하지 않는다.

차가 서울 시내로 들어왔을 때, 차가운 하늘 아래서 속력을 다해 달리는 여자를 발견했다. 정체에 묶여 서행하고 있는 자동차 옆을 여자는 경쾌하게 달려 지나갔다. 예전의 홍이 모습과 겹쳐진다.

그날 나는 이노카시라 공원의 호수 주변을 걷고 있었다. 벚꽃이 지고 공원에는 무성해진 파란 잎들이 웃고 있었다. 봄날의 가장 아름다운 계절. 나는 상쾌한 바람과 나뭇잎 사이로 비친 햇살 속을 걷고 있었다. 멀리서 분명 나를 향해 달려오는 여자가 있었다. 한 달 전 나무다리 위에서 이야기를 나눈 한국 사람이라는 것을 알았을 때, 홍이는 이미 내 앞에 와 있었다. 숨을 헐떡이고 손에 쥐고 있던 것을 내밀고는 이거 받으세요, 하고 거침없이 말했다. 그녀가 내민 건 지난번 다리 위에서 내가 주워 준 휘파람 부는 소년 인형이었다.

"받아도 돼요?"

홍이는 환한 미소로 대답했다.

"웃음이 나게 하죠? 쓸쓸할 때 이걸 보고 있으면 기운이 나요. 당신 곁에 두면 좋겠어요."

휘파람 부는 소년이 내 손 위에서 익살스러운 표정을 지어 보인다.

"지난번에 너무 쓸쓸한 얼굴을 하고 있어서요."

칸나에게 막 차였을 때였다. 난 짚이는 데가 있어 쓴웃음으로 얼버무렸다. 왠지 그녀의 웃는 얼굴에 이끌려 헤어지기가 싫어 나는 함께 저녁을 먹자고 제안했다. 홍이는 얼굴 가득 미소를 띠고는 고마워요, 신난다, 하며 티 없이 밝게 웃었다.

지금 빛은 내 곁에서 생동한다. 내가 앉은 조수석 쪽으로 빛이 스며들어 운전석 쪽은 반대로 깊이 그늘져 있다. 몰래 홍이를 훔쳐본다. 홍이는 고집스럽게 창밖을 응시하고 있다. 옆얼굴은 빛이 차단되어 어둡다. 환영일까 하고 자문해 본다. 여기 있는 홍이는 한강의 용이 보여 주는 환영일까?

그날 나와 홍이는 공원 입구에 있는 꼬치구이집에 지금처럼 나란히 앉았다. 가게 안은 학생들의 웃음소리에 싸여 시끌벅적했다. 바로 옆자리에 앉아 있으면서도 우리의 목소리는 커지기 일쑤였다. 나와 홍이는 서로 귀를 기울여 가며 이야기를 나누었다. 짧은 일본어, 그리고 대화에 필요한 최소한의 일본어. 그래서 사람들의 웃음소리와 떠드는 소리만 듣고 있었다. 나는 실연한 직후여서 옆에 있는 홍이를 보며 어쩔 수 없이 칸나를 떠올렸다. 칸나가 아닌 것은 알지만, 어깨가 부딪칠 때마다 추억을 뒤흔들어 놓았다. 그때마다 조바심을 맥주와 함께 위로 흘려보내야 했다.

홍이는 소꿉친구이자, 같은 성당에 다닌다는 남자 친구 이야기를 했다. 나는 거기에 대항이라도 하듯 고바야시 칸나에 대한 이야기를 했다. 이런 때 사람들은 쓸데없는 것까지 떠들고 만다. 홍이가 외국인이어서 둘 사이에 경계할 것이 없으므로 서로의 현실을 솔직하게 이야기할 수 있었다. 설마 그 후 얼마 안 있어 우리 두 사람이 사랑에 빠지리라고는 그때는 상상도 못 했던 일이다.

차인 이유를 묻기에 상대방에게 다른 남자가 생겼다고 대답했다.

"그 사람 말이 내가 미덥지가 못하대요."

왜 차였는지 이유는 몰랐다. 일방적인 결별 선언에 나는 격분했었다. 제멋대로라고 칸나에게 소리를 쳤다. 그러고는 갑자기 가슴이 죄어 와 고개를 떨군 나날을 보냈다. 나는 우리가 모든 면에서 일치하는 완벽한 연인이라고 믿고 있었다. 하지만 칸나는 그렇게 생각지 않았던 것이다.

이연희가 몸을 돌려 홍이에게 뭐라고 말을 한다. 홍이가 기계적으로 저기가 남산이에요, 하며 창밖을 가리키며 통역을 한다. 웅장한 산이 차가 가는 방향에 솟아 있다.

'베니, 너는 어째서 지금 여기 있는 거니?'

하려던 말을 삼켰다. 몸을 구부려 차창 너머로 남산을 올려다보며 이제부터 어떻게 하면 좋을지 알 수 없어 몰래 한숨을 토해 낸다.

　　자동차가 조용히 신라호텔 앞으로 미끄러져 들어가 회전문 앞에 섰다. 도어맨이 달려서 재빨리 문을 열었다. 차가운 공기가 차 안으로 차례차례 얼어붙어 간다.

4

창을 열자 상심한 얼굴의 남산이 눈앞에 우뚝 솟아 있다. 서울 거리를 겨울의 연약한 저녁 햇살이 비추고 있다. 일본의 겨울 풍경과 비슷하면서도 어딘가 다르다. 하지만 처음 왔는데도 무척이나 그리운 풍경이다. 반투명한 파란색 필터를 통해 바라보는 한 편의 시 같은 경치. 경험한 적이 없는데 기억에 있는 풍경.

　신라호텔 실내는 차분한 가구들로 통일되어 있어 머리와 마음을 식히기에 안성맞춤이었다.

첫 취재가 시작되려면 삼십 분 정도 시간이 있었다. 그 짧은 시간을 이용해 홍이와 이야기를 나누고 싶었지만, 그녀는 줄곧 내 시선에서 도망쳤다. 마음을 가라앉히기 위해 나는 일단 방으로 올라가기로 했다. 담배를 꺼내 남산을 바라보며 불을 붙인다. 보라색 연기가 창을 뿌옇게 한다.

그날 친구들과 공원 입구에 있는 꼬치구이집에 갔다가 카운터의 한구석에 앉아 있는 홍이를 보았다. 나는 친구들 어깨 너머로 고개를 떨어뜨리고 있는 홍이를 지켜보았다. 시끌벅적한 술집 안에서 홍이가 있는 곳만은 왠지 소리가 없었다. 비가 뿌리기 시작함과 거의 동시에 홍이가 자리에서 일어났다. 친구들에게 급한 볼일이 생각났다고 변명을 하고는 홍이를 뒤쫓았다. 호수 가운데 놓인 나무다리의 중간에서 홍이를 따라잡아 가지고 있던 우산을 내밀었다.

변하지 않는 사랑이 있다는 걸 믿어요? 하고 홍이가 중얼거렸다. 호수면에 부딪히는 비를 바라보며 어려운 질문인걸, 하고 말끝을 흐렸다.

"하지만 분명 어딘가에 있을 거야."

홍이는 비안개 끝으로 시선을 향한 채 그게 어딘데요, 하고 혼잣말처럼 물었다. 그녀가 갈구하는 사랑의 크기를 알기가 두려웠고, 그럴 만한 여유가 그때의 내게는 없었다. 그저 아무 말 없이 비로부터 그녀를 지켰다.

방에 어울리지 않는 전자음이 멀리서 울리고 있다. 정신이 든 나는 창가에서 떨어져 가방에서 휴대 전화를 꺼냈다.

인사말도 없이 고바야시 칸나가 도착했네, 하고 말했다. 담배 끝을 재떨이에 비비며 어, 이제 막, 하고 대답한다.

"좀 전에 교정쇄가 나왔는데 서둘러 봐 줬으면 하는 부분이 있어서."

칸나가 말했다. 서두를 일은 없었다. 출국 전에 자세한 부분까지 모두 체크해 두었다. 게다가 원고가 게재되는 건 다음다음 달이니 귀국 후에 해도 충분한 이야기였다. 건성으로 칸나의 설명을 들으며 창밖으로 시선을 돌린다. 남산이 바로 눈앞에 서 있다. 노스탤지어라는 말이 딱 맞는 그리운 풍경의 파노라마. 기억을 흔들어 놓는다.

난 외국 사람하고 결혼 안 해요, 하고 홍이가 말했다. 도대체 무슨 말을 하는 건가 싶어 나는 우산을 들고 있던 손을 바꾸고 그녀를 들여다보았다.

"하지만, 이상해요. 나 그쪽을 처음 봤을 때 깜짝 놀랐어요. 이유는 모르겠지만 가슴이 덜컥했어요. 왠지 그쪽을 잘 아는 것 같은 느낌이 들어서. 오래된 빙하의 한 귀퉁이가 떨어져 나간 단면을 보고 있는 것처럼."

남산은 내 마음을 비추는 거울 같다. 남산이 내 오랜 기억들을 불러일으키려 하고 있다.

홍이는 내 얼굴을 흘끗 보더니 더 엉뚱한 말을 덧붙였다.

"나한테 결혼하자고 하지 말아요."

남산 저편으로 해가 저문다. 산 앞쪽은 어둑어둑한데 산의 윤곽은 석양을 받아 타들어 가듯 빛나기 시작한다. 하늘은 우주와 동화되기 시작하고, 푸른색에서 군청색으로 깊이를 더하고 있다. 창밖의 추위를 상상하며 나는 수화기에 대고 한숨을 내쉬었다.

"듣고 있는 거야?"

귓전에서 칸나의 목소리가 날카로워졌다. 그래, 하고 대충 대답한다. 칸나는 화제를 업무적인 것에서 사적인 내용으로 바꾸었다. 지금 이야기하지 않으면 안 될 중요한 내용은 아니었다.

"난 줄곧 너랑 결혼하려고 생각했었어. 지금이니까 분명히 말하는 거지만."

칸나가 이제 와서 뭘 초조해하는 건지 알 수가 없다. 대학 시절 나는 그녀에게 일방적으로 차였다. 도대체 어느 시점에서 그녀는 나와 결혼하려고 생각했을까.

"칸나, 가 봐야겠다. 곧 취재가 시작될 거야."

말을 끝내고 나는 전화를 끊었다. 트렁크를 열고 전화기를 던져 넣다 문득 시선이 멈추었다. 집을 나서기 전에 부적처럼 넣어 온 휘파람 부는 소녀 인형을 꺼내 책상 위에 올려놓는다. 홍이가 집에 두고 간 것이다. 그날 남겨진 건 소녀 인형뿐, 나머지 한쪽인 소년 인형은 어디에도 없었다. 왜 소녀만 두고 갔을까. 홍이는 곧 돌아올 생각이 아니었을까 하고 난 제멋대로 해석했다.

그날 나는 홍이에게 공원 입구와는 반대쪽에 있는 술집에 가자고 했다. 친구들을 꼬치구이집에 남겨 둔 채였지만, 홍이 곁에 있어 주고 싶었다. 고개를 떨구고 있던 그녀는, 경쾌하게 달리던 씩씩한 여느 때의 홍이와는 전혀 다른 사람이었다.

말수가 없는 나를 상대로 홍이는 무섭게 술을 마셔 댔다. 일본 술은 위험하다고 타일렀지만, 한국 술이 더 세다고 우기며 말을 듣지 않았다. 술집을 나온 건 한밤중이었다. 혀는 돌아가지 않았고 다리도 풀려 있었다. 홍이를 부축하며 나는 그녀의 집이 어디인지 모른다는 사실을 깨달았다. 하는 수 없이 내 아파트로 데려가 침대에 누였다.

　　열쇠는 우체통에 넣어 두세요. 나는 친구 집으로 갑니다.
　　다음에 또 마시죠. 그리고 안심해요. 난 그쪽에게 절대로
　　결혼하자고 하지 않을 테니까.

　　편지를 머리맡에 남겨 두고 방을 나왔다. 갈 곳이 없었다. 그
날 밤은 공원에 있는 음악당 무대 위에서 노숙자들과 사이좋
게 밤을 지새웠다. 나는 홍이의 잠든 얼굴을 가슴에 새기며 아
침이 밝아 오기를 조용히 기다렸다.

5

그날 나는 이노카시라 공원 벤치에서 눈을 떴다. 전날 너무 마신 탓인지 머릿속이 지끈거렸다. 몸을 일으켜 기지개를 켰다. 시야를 가린 연푸른 나뭇잎들 사이로 파란 하늘이 보였다. 나는 벚꽃이 모두 진 후의 신록의 계절을 좋아한다. 바람에 일렁이는 나뭇잎들과 발아래서 살랑살랑 물결치는 햇빛이 그때의 내게는 마치 웃고 있는 것처럼 보였다.

나는 무릎을 안고 눈부신 호수를 바라보았다. 수면에 반짝반짝 반사되는 햇살에 눈을 뜰 수가 없을 정도였다. 감은 눈꺼

풀 안쪽에 예전에 경험하지 못한 온기가 깃들어 있는 것을 발견했다.

다른 때 같으면 자고 있을 시간이었다.

'이렇게 새로운 세상과 마주할 수 있는 것도 저 아이 덕분일까?'

아파트가 있는 돈대 쪽을 돌아보며 내 침대에서 자고 있을 한국 친구의 잠든 얼굴을 떠올리며 마음속으로 이렇게 중얼거렸다.

그리고 수업 중에도 이상하게 내 머릿속에서 홍이가 떠나질 않았다. 고바야시 칸나가 바로 내 앞의 옆자리에 앉아 있었지만, 내 마음속에는 술에 취해 카운터에 엎드린 홍이의 뒷모습이 있었다. 왜 그녀는 그렇게까지 취해 쓰러져야 했을까. 한국 여자들은 그런 식으로 술을 마시는 걸까. 그리고 바로 그 순간이었다. 언젠가 홍이를 모델로 소설을 쓰겠다고 생각한 건.

점심시간에 칸나는 새 남자 친구와 쏟아지는 햇살 속에 있었다. 바로 한 달 전까지 그녀 곁에는 내가 있었다. 그런데 어느 날 갑자기 그 자리에서 쫓겨나고 말았다. 이유조차 듣지 못한 너무나 터무니없는 마지막이었다. 평소의 냉정함을 유지할 수가 없어 나는 꼴사납게도 칸나의 새 남자 앞에서 이성을 잃고 말았다. 누군가가 달려와 나를 말렸지만 난 폭언을 멈추지 않았다. 그런 초라한 내 모습에 더욱 상처를 받아 대학을 그만두고 싶다는 생각까지 했다.

그냥 사랑할 수 없게 된 것뿐이야, 하고 칸나가 남긴 말을 몇 번이고 헤아려 보았지만, 도저히 그녀 마음을 이해할 수 없었고 결국에는 남을 믿지 못하게 됨으로써 자신을 망가뜨려 갔다. 첫사랑이었기에 마음의 크기를 어떻게 조절해야 하는지 몰랐었다. 자신의 힘으로는 어찌할 수 없는 현실이 존재한다는 것을 처음 깨닫게 된 순간이기도 했다. 나는 칸나가 떠났다는 것보다 그 자리에 있던 것, 말하자면 난생처음 알게 된 사랑의 기쁨이 느닷없이 사라져 버렸다는 사실에 오히려 당황하고 허둥댔던 것이다.

"칸나는 널 갖고 논 거야. 넌 피해자라고."

한 친구가 말했다.

"저 새 남자도 금방 차일 게 뻔해."

친구들의 위로는 내게 더더욱 상처를 주었다.

"아오키, 그럼 또 봐."

그날 칸나는 내게 이렇게 말했다. 내가 믿고 있던 세계가 무너져 버린 슬픔은 어느새 미움으로 변했고, 그 끝없는 원망 탓에 나는 웃음을 잃고 말았다.

최홍의 등장으로 상처 입은 내 마음은 잠시나마 평온을 되찾아, 눈부신 봄 햇살을 바라볼 수 있을 정도의 기운을 회복해 갔다. 홍이는 미워하는 것이 부질없는 일이라는 것을 가르쳐 주었다. 한꺼번에가 아니라 조금씩, 설교를 하거나 깨우쳐 주려하는 것이 아닌 자연스럽고 강요하지 않는 부드러움으로 엉킨내 마음을 풀어 서서히 사랑의 본질을 깨닫게 해준 것이다.

그날 학교에서 돌아와 보니 방은 깨끗이 청소가 되어 있었고, 책상 위에 내가 두고 간 메모 뒤에는 자화상 같은 메롱하는 귀여운 낙서가 있었다. 종이를 눌러 놓은 서진 대신 메모 위에는 휘파람 부는 소년 인형이 놓여 있었다.

어질러져 있던 방은 몰라볼 정도였다. 잔뜩 쌓아 올려 두었던 책들은 다시 책꽂이로 돌아갔고, 스탠드 갓은 먼지와 때가 말끔하게 닦여 마음껏 빛을 발하고 있었으며, 바닥이고 테이블 위고 싱크대고 할 것 없이 모두 윤이 났다. 벽의 얼룩과 기름때도 말끔하게 지워졌다. 내 마음속에 있던 것이 몽땅 새것으로 바뀐 것 같이 놀라웠다. 창을 열고 신선한 공기를 불러들였다. 이상하게도 거기에, 그러니까 방 한구석에 최홍이 웃고있는 것만 같았다.

홍이는 단지 내 방을 청소하고 돌아간 것이 아니었다. 나의 어리석음을 나 대신 쓰레기통에 버려 준 것이다. 음울하던 내 마음에 푸른 하늘을 가져다주었고, 우물쭈물하는 내 생활에 넓고 파란 바다를 불러왔다. 그녀가 내 어두운 삶을 반짝반짝 윤이 나게 닦아 주지 않았더라면 그렇게 빨리 다시 일어서지는 못했을 것이다. 홍이는 억지도 강요도 하지 않았고 어디선가 홀연히 나타나 가장 간단한 방법으로 나를 구원해 준 것이다. 얼마나 알기 쉽고 사랑스러운 교훈인지. 깨끗해진 방 안에서 혼자 침울해하고 있는 건 너무나 바보스러운 일이었다.

　　홍이는 그 후로도 뜻밖의 순간에 나타나 같은 방법으로 청소를 하고 돌아갔다. 즐거운 듯이 천진난만하게 청소하는 홍이를 보고 있으면, 왠지 이 세상에 존재하는 것을 인정받는 듯한 행복을 느꼈고 또 누구든 상관없이 먼저 용서하고 싶어졌다. 그리고 마음의 문을 닫고 고집스럽게 칸나를 원망했던 자신이 부끄러워졌다. 홍이의 존재는 정말이지 내게 성모 그 자체였다.

　　1997년 초여름, 나는 대학교 사학년이었고, 한 살 아래인 홍이는 스물두 살이었다.

6

나는 지금 신라호텔 카페테리아에서 신문사 취재를 받고 있다. 옆에는 최홍이 앉아 내 일본어를 한국어로, 기자의 한국어를 일본어로 통역하고 있다. 어떤 마음으로 이 일을 하고 있는 걸까. 기자의 질문이 잠시 끊어진 틈을 타, 사사에 히카리가 나라는 걸 알고 이 일을 맡았느냐고 물어보았다. 홍이는 손에 든 노트에 시선을 고정시킨 채, 설마 하고 재빨리 대답했다. 낮은 목소리로 소리 죽여 말했지만 강한 부정에 거절의 의사가 배어 있다.

"내일출판사 창업자가 우리 할아버지예요. 통역할 사람이 갑자기 쓰러져서 내가 대신 나왔을 뿐이에요."

일본어를 약간 이해하는 이연희 과장이 홍이를 돌아보아 당황한 나는 유리벽 너머에 펼쳐진 남산으로 시선을 돌려야 했다. 빛의 정령들이 아득한 은하로 돌아가고 있다. 조용히 세상의 빛과 색채가 사라지기 시작한다. 남산은 이미 어두워졌고 능선이 어슴푸레하게 윤곽을 두르고 있을 뿐, 세상 모든 것이 군청색 어둠에 빨려 들어가려고 한다.

한국에 오신 건 처음이라고 들었는데 아는 한국어가 있으신가요, 하고 기자가 물었다. 옆에 있는 홍이를 의식하며 네, 하고 대답을 했다.

"'안녕히 계세요'와 '안녕히 가세요'. 일본어의 사요나라에 해당하는 말이라 생각합니다만, 이 두 인사말의 뜻을 처음으로 가르쳐 준 사람이 제 소설 『한국의 친구, 일본의 친구』의 모델입니다."

메모하고 있던 홍이의 손이 멈추었다. 홍이가 나를 힐끗 본다. 그 가면 밑에 숨겨진 진짜 표정을 알고 싶다.

한국어로는 보내는 쪽은 안녕히 가세요, 가는 쪽은 안녕히 계세요, 하고 인사한다. 프랑스의 오르봐, 영어의 굿바이, 일본어의 사요나라와는 조금 다르다. 남아 있는 사람과 떠나는 사람이 각각 다른 작별 인사를 하는 건 이 넓은 세상에서 한국어뿐이 아닐까. 홍이의 설명을 듣고 상대편을 배려하는 그 말의 다정함에 나는 감동했었다.

기자가 이어 질문을 했지만, 홍이는 통역하지 않았다. 이연희가 홍이의 팔을 재빨리 찔렀다.

"괜찮으시다면 그 모델이 되신 분에 대해 좀 더 말씀해 주시겠습니까?"

홍이는 단어를 고르듯이 통역했다. 나는 홍이 얼굴을 들여다보며 그 사람에 대해서는 이야기할 수 없다고 대답한다.

"단 우리의 마지막은 소설에 쓴 것처럼 해피 엔딩은 아니었습니다."

기자가 이어 질문을 했다.

"그분은 아직 일본에 계십니까?"

"아뇨. 지금은 한국 어딘가에 살고 있을 겁니다."

"이번 방한 기간에 만나실 생각인지요?"

"제가 필명으로 소설을 써 와서 상대방은 아마 모를 겁니다."

기자가 이어 뭔가 질문을 했다. 홍이는 다시 아무 말이 없다. 이번엔 긴 침묵이 흘렀다. 참다못한 이연희가 지금도 그 사람을 좋아하느냐고 기자가 물어요, 하고 떠듬거리는 일본어로 설명한다. 피아노의 부드러운 음색이 어수선함을 헤치고 내 귓가에 들려왔다. 고개를 숙이고 있던 홍이가 얼굴을 들어 연주자를 돌아본다. 베토벤 피아노소나타 제8번 C단조 「비창」이다. 나는 매일 아침 반드시 이 곡을 듣는 습관이 있었다. 「비창」만 듣는 나를 홍이는 이상해했다.

　어느 날인가, 우리는 어머니의 피아노 연주를 들으러 도심에 있는 콘서트홀을 찾았다. 어머니 연주회에 나는 일부러 티켓을 구입해 이등석 한쪽에 앉았다. 「비창」이 연주되리라고는 생각지도 못했었다. 어머니가 음감 교육을 시키기 위해 어린 내게 늘 들려 주던 곡이었다. 어머니와의 추억이 거의 없는 내게 이 곡은 어머니와의 유일한 추억이라고 할 수 있다. 극적이며 덧없고 아름다운 이 멜로디에 어째서 '비창'이라는 이름이 붙여졌는지 모른다. 비창이라는 말의 뜻을 알기 전에 나는 이 곡이 가지고 있는 온갖 이미지로 감수성을 키웠다. 어머니가 바라던 음악가가 되지는 않았지만, 이 곡이 유년 시절 내게 미친 영향은 무시할 수 없다. 그날 어머니는 객석에 내가 있는 것을 아는 건 아닐까 하고 의심스러워질 정도로 혼신을 다해 그 곡을 연주했다.

「비창」이 연주되지 않았더라면 나는 무대 뒤로 홍이를 데리고 가지 않았을 것이다. 관계자들로 북적대는 무대 뒤로 홍이의 손을 끌고 갔다. 대기실 앞에 있던 직원이 아주 가까운 관계자가 아니면 들어갈 수 없다고 말했다. 바로 앞 대기실에 어머니가 있고, 사람들이 꽃다발을 들고 어머니가 나오기를 기다리고 있었다. 나는 홍이와 어머니를 만나게 하고 싶었다. 그저 만나게 하고 싶었다. 어떤 마음으로 그랬는지는 모르겠다. 나중에 홍이는, 넌 부모님한테 나를 소개했잖아, 한국에선 부모님께 보이는 건 나름대로 의미가 있는 거야, 하고 말했다. 난 단지 어머니에게 이렇게 멋진 애인을 만났다고 자랑하고 싶었을 뿐이다. 하지만 홍이는 그것을 좀 더 깊게 해석했다.

내가 잠자코 있자 홍이가 직원에게, 이 사람은 아오키 나오미 씨 아들이에요, 하고 말했다. 아들이라는 말에 내 쪽이 더 놀랐다. 한 번도 자신을 아오키 나오미의 아들이라고 생각한 적이 없었다. 내게는 가난한 첼리스트 아버지가 있을 뿐이라고 생각하며 살아왔기 때문이다. 거리에 붙어 있는 어머니의 포스터를 보아도 그것을 내 어머니라고 생각한 적은 없었다. 그래, 그래서 나는 피아노를 미워했고 어린 시절 일부러 손가락을 부러뜨렸다. 어머니가 나를 걱정하는지, 아니면 피아노를 칠 수 없게 된 것을 슬퍼하는지 확인해 보고 싶어 피아노 뚜 껑을 여린 손가락 위로 덮어 버렸던 것이다.

7

신라호텔 라운지에 베토벤의 「비창」이 조용히 흐르고 있다. 기자는 인내심 있게 대답을 기다리고, 홍이는 고개를 숙이고만 있다. 추억이 넘쳐흘러 말로 토해 낼 수가 없다. 한마디 말로 해결할 수 있는 일이란 없다. 그러나 제대로 설명하지 않았던 탓에 두 사람 사이에 오해가 자라고 말았다. 달리 방법이 없는 것이 안타깝고, 내 마음을 말로밖에 표현할 수 없다는 분한 마음에 어금니를 깨물고 만다.

"미안하다고 한마디 하면 되잖아."

갑자기 칠 년 전 홍이의 말이 뇌리에서 되살아난다. 후회에 등을 떠밀리듯 칠 년 동안 한 번도 잊은 적이 없습니다, 하고 대답한다.

하지만 커다란 한숨에 실려 나온 말은 가냘프다. 뒤를 쫓아 한국에 가려고 하지도 않고 그저 홍이가 돌아오기만을 기다렸던 자신에게 이 같은 변명이 허락될 리 없다.

관계를 회복하려는 이 말들이 홍이의 마음을 위로하리라고는 생각지 않는다. 오히려 반감을 사 그녀를 멀어지게 하는 건 아닐까. 말을 직업으로 하고 있으면서 말에 빠져 허우적대고 있으니 어찌해 볼 도리가 없다.

기자가 고개를 수그리고 있는 내 컨디션을 걱정해 취재는 예정보다 빨리 끝났다. 피곤하세요? 하고 이연희 과장이 마음을 쓴다. 홍이는 저는 여기서 실례하겠습니다, 라는 말을 남기고 기자와 함께 자리를 떴다. 이연희 과장이 일정표를 꺼내 취재 스케줄을 설명하기 시작한다. 기자와 함께 호텔 회전문을 빠져나가는 홍이의 뒷모습을 쫓으며 설명에 귀를 기울인다.

어느 날 홍이는 우리 관계가 어떤 거냐고 에둘러 물었다. 우리는 아직 사랑을 속삭이는 관계는 아니었다. 말로 설명을 해야 하냐는 나의 대답이 홍이를 곤혹스럽게 했다.

"결혼할 생각은 없다고 처음에 네가 그랬잖아."

심술궂은 나의 말에 홍이는 입술을 내밀고 분해했다. 하지만 나는 홍이가 너무도 좋았다. 고바야시 칸나와 헤어지고 그렇게 빨리 기운을 차릴 수 있었던 것은 홍이의 다정함과 깊은 사랑이 있기 때문이다. 어머니에게 버림받은 이후로 나는 진실한 사랑을 찾아 헤맸다. 그래서 한번 칸나에게 속삭인 사랑의 말들을 홍이에게 다시 쓰고 싶지 않았다. 칸나의 요구로 입술에 담았던 모든 단순하고 천진하며 죄 많은 말들과 겉으로만 한 약속들을 순진한 홍이에게는 결코 하지 않겠다고 마음먹었다. 사랑한다는 말조차 이미 더럽혀진 것처럼 여겨졌다. 다른 말로 혹은 다른 태도로 나는 홍이를 마주하고 싶었다.

구름이 낮게 드리운 어느 날 저녁 무렵, 갑자기 나타난 칸나와 돌아갈 차비를 하던 홍이가 아파트 현관에서 마주쳤다. 어떻게 왔느냐고 묻자 칸나는 다시 시작할 수 없을까, 하고 홍이가 있는 앞에서 주저 없이 말했다.

"네가 헤어지자고 했잖아?"

고바야시 칸나는 홍이를 한번 보더니 응, 하지만 진짜 내 마음이 어떤지 이제야 알았어, 하고 말했다.

"난 역시 네가 좋아."

무슨 일이 벌어지고 있는지 몰라 당황해하는 홍이를 가리키며 나는 말했다.

"미안하지만, 내게도 멋진 애인이 생겼다."

칸나는 애인, 하고 중얼거리더니 입술을 꽉 물고 홍이를 노려보았다.

"아오키, 이제야 깨달았어. 멀리 돌아오긴 했지만 뭐가 중요한지 이제야 알았다고. 내가 잘못했으니까 용서해 줘."

내 말에도 불구하고 아무런 거리낌 없이 말해 대는 칸나에게 나는 작게 고개를 흔들었다. 그러고는 아무 말도 하지 않았다. 긴 침묵이 세 사람을 감쌌다. 시선만이 뒤엉킨 채 시간이 정지되었다. 그사이 나도 홍이도 칸나도 입을 열지 않았다.

그날 밤 홍이는 내 아파트에 묵었다. 그녀가 내 방에서 묵는 건 술에 만취한 밤에 이어 두 번째였다. 우리는 아침까지 한마디 말도 없이 창을 열고 숲 위에서 흔들리는 달을 바라보았다. 홍이가 기뻐하는 것이 나도 기뻤다. 나는 홍이를 뒤에서 끌어안았고 그녀는 내 가슴 안에서 얌전히 아침을 기다렸다. 심장 소리를 들으려 했던 걸까, 가끔 어린아이처럼 빙글 몸을 돌려 내 가슴에 귀를 대기도 하고, 손가락 끝으로 내 고동에 맞추어

톡톡 하고 리듬을 새기기도 했다.

지금 나는 그때의 고동을 느끼며 관광을 마치고 돌아오는 듯한 여행객들의 흐름을 거슬러 홍이가 사라진 회전문을 향해 간다. 숨조차 얼어붙을 것 같은 서울의 밤이다. 호텔 앞 주차장에 서 있는 홍이를 발견했다. 나를 기다리나 싶었지만 그건 착각이었다. 파란 승용차가 어디선가 나타나 그녀 앞에 섰다. 벨보이가 차에서 내리는 걸 보니 맡겨 놓은 차였나 보다. 이연희 과장과 여기서 만나 회사의 밴을 타고 공항에 온 것이 틀림없다.

나는 차 앞으로 뛰어나갔다. 홍이가 노려본다. 내 팔을 잡으려는 벨보이를 뿌리치고 그대로 조수석 쪽으로 돌아 억지로 올라탔다.

홍이는 나를 보려고도 하지 않는다. 나는 눈앞에 펼쳐진 서울의 야경을 바라볼 뿐이다. 두 사람 사이에 시간이 되돌아오기 시작한다. 차창 맞은편에서 나는 홍이와 함께 지내던 행복한 시간을 찾으려 하고 있다.

뒤에서 클랙슨 소리가 나고 벨보이가 유리창을 두드리며 차를 빼 달라고 재촉한다. 홍이는 아무 말 없이 액셀러레이터를 밟았다.

홍이가 운전하는 파란색 줄리엣이 조용히 밤의 서울로 미끄러져 나왔다.

8

홍이가 운전하는 차는 목적지도 없이 서울 시내를 달린다. 신호에 걸리면 멈추었다가 파란 불이 켜지면 다시 달렸지만, 같은 장소를 몇 번이고 맴돌기도 했다.

차 안의 답답할 정도로 정체된 시간이 사고와 행동까지 둔하게 만든다. 손을 뻗으면 닿을 곳에 홍이가 있는데, 예전처럼 팔짱을 낄 수도 손을 잡을 수도 없고 당연히 사랑을 속삭일 수도 없다.

하늘에서 내려다본 서울의 모습과는 달리 차창 밖으로 바라보는 서울의 밤은 화려한 불빛으로 눈부시고, 차가 속도를 낼 때면 깃털처럼 가벼운 빛의 띠가 도로 좌우로 수없이 만들어졌다가는 사라졌다. 영하 십 도의 찬 공기는 불빛을 더욱 영롱하게 만들어 서울의 어둠 속 여기저기에 빛의 꽃을 피웠다. 홍이의 무표정한 옆얼굴 저쪽으로 번뜩하고 빛줄기가 스칠 때마다 내 기억은 자극을 받고 의식은 과거로 거슬러 간다.

교차로에 하얀 옷의 홍이가 서 있다. 신호가 노란색으로 변했다. 서두르지 않으면 빨간 신호로 바뀔 것이다. 마음이 급한 나는 이노카시라 도로로 뛰어들었고 반대 차선에서 오던 차에 치일 뻔했다. 놀란 홍이가 내게로 달려왔다. 괜찮아, 하고 얼른 일어나 넉살을 떨자 홍이는 만면에 미소를 띠며 기뻐했다. 우리는 팔짱을 끼고 아파트가 있는 공원 쪽이 아닌 젊은이들로 붐비는 기치조지 북쪽 출구 쪽으로 향했다. 돈이 없었지만 우리는 가난하지 않았다. 호화스러운 음식을 먹을 수는 없었지만 배를 곯지도 않았다. 젊음이란 이런 거라고 보여 주듯 주위에 빛을 발했다. 두 사람은 기치조지 거리를 활보했고, 북적거리는 거리를 술래잡기라도 하듯 달렸고, 서서 먹는 우동집에서 메밀국수를 나누어 먹었고, 밤늦은 시간에는 자동판매기 불빛 아래서 큰 소리로 노래를 불렀다.

단 하나 두 사람에게 부족한 건 시간이었다. 나는 학비를 벌어야 했기 때문에 아르바이트를 세 개나 하고 있었다. 하지만 그것으로도 부족해 두 군데 더 면접을 봐 두었다. 유복한 가정에서 자란 홍이는 내가 공부는 하지 않고 아르바이트만 하는 것을 이상하게 여기는 것 같았다.

"있잖아, 준고. 대학이란 공부를 하러 가는 데야. 그런데 넌 매일 아르바이트만 하잖아."

평일 오전에는 잡지사에서 갖가지 자질구레한 사무를 보았고, 오후에는 영화 엑스트라 일이나 교통량 조사원 일, 영어 가정교사 일 따위를 겹치기로 했다. 그리고 주말 저녁에는 나이트클럽 웨이터로 일했다. 홍이는 특히 내가 나이트클럽에서 일하는 것을 싫어했다. 일의 내용을 설명하자, 불순하다고 얼굴을 찌푸리며 내 셔츠에 여자 냄새가 배어 있지 않은지 냄새를 맡아 보기도 했다.

나는 웃었지만, 홍이가 그런 말을 하지 않아도 공부에 집중하고 싶었다. 하지만 가난한 첼리스트 아버지에게 사립대학의 학비는 너무 비쌌다. 그렇다고 나를 버린 어머니에게 학비를 요구할 수는 없었다. 누구에게도 도움을 청하고 싶지도 받고 싶지도 않았다.

"인생은 모든 게 공부야. 나이트클럽에서 일하는 건 작가 지망생인 나한테는 수업이라고. 부모 도움으로 편하게 학교를 다닌다면 소설 같은 거 못 쓸 거야. 그러니까 문학이란 건……."

홍이는 내가 열심히 문학에 대해 이야기하면 기다리고 있었다는 듯 잔뜩 힘이 들어가 있던 입가와 미간을 풀었다.

그럼 지금 뭘 쓰고 있는데? 하고 홍이는 트집을 잡는다.

"아직 아무것도."

나는 항상 같은 대답이었다.

"언제 쓸 거야?"

나는 먼 하늘을 응시하며,

"이제 곧."

하고 말했다.

갑자기 누군가가 교차로로 뛰어들어 홍이는 서둘러 브레이크를 밟았다. 자동차가 급정거하는 바람에 우리의 몸이 앞으로 쏠리고 말았다. 인도로 무사히 달려간 사람은 젊은 날의 나였다. 걱정스러운 얼굴로 달려오는 젊은 날의 홍이 모습도 있었다.

인생은 살기 어렵다는데

시가 이렇게 쉽게 씌어지는 것은

부끄러운 일이다.

목까지 올라온 시인의 말을 나는 마음속에 삼킨다. 이 시를 쓴 한국 시인의 존재를 가르쳐 준 것은 홍이였다. 처음에는 와닿질 않았다. 시인에 대해 열정적으로 이야기하는 홍이의 목소리에 어딘가 권유하는 듯한 느낌이 들어 나는 왠지 적극적으로 귀를 기울이지 못했다.

그러나 홍이가 내 앞에서 사라진 다음, 나는 이 시인의 작품을 탐독하게 되었다. 주변 사람들과 같은 별에서 태어났다는 행복을 잊을 때마다 나는 시인의 평이하나 무게 있는 말을 반추하게 되었다.

차는 신라호텔을 지나 그대로 어둠 속으로 진로를 잡았다. 멀어져 가는 서울의 야경을 뒤로하고 차는 조용히 남산을 오르기 시작한다. 마치 은하계를 빠져나오려는 우주선처럼. 밀폐된 차 안에는 음악도 없이 조용한 엔진 소리만이 진동을 전하고 있다. 그것은 우주 그 자체의 신음 소리, 바로 은하의 진동 소리다.

"아직도 달리니?"

일억 광년 떨어진 별에 있는 사람에게 묻듯 나는 겨우 홍이에게 말을 건넨다. 바로 대답이 올 리가 없다. 일억 광년이란 시간의 거리를 여행하는 가냘픈 빛처럼 홍이의 대답은 느리게 돌아온다.

홍이는 핸들을 꼭 쥔 채 응, 하고 대답했다. 자칫 못 알아들을 정도로 작은 소리였다.

지나가는 자동차는 없었다. 어둡고 고요해진 우주만이 두 사람의 앞길에 펼쳐져 있을 뿐이다.

9

어두운 남산의 경사면 저편으로 보이는 서울의 야경이 아름답다. 분지에 무수한 광원이 서로 빛을 발하고 있다. 보석을 뿌려 놓은 것같이 어둠 속에서 조용히, 그러나 창백하게 타 들어가듯 빛나고 있다. 그 투명한 빛이 평생 조국을 그리던 시인 윤동주의 한 편의 시 같다.

하지만 그런 내 느낌을 홍이에게 전할 수는 없다. 대신 나는 아직도 달리느냐고 묻고 만다.

먼 별의 깜박임처럼 아련한 대답으로 나는 여전히 홍이가 달리고 있다는 사실을 알게 되었다.

그날 나는 책꽂이에서 유품처럼 한 권의 시집을 발견했다.

그건 어느 날 홍이가 나를 위해 사 온 윤동주의 일본어판 시집이었다.

"번역이 훌륭하니까 분명히 한국어로 읽는 것 같은 느낌으로 읽을 수 있을 거야."

관심은 있었지만 아르바이트와 학업에 쫓겨 결국 홍이와 교제하던 중에는 그 책을 읽지 못했다.

홍이가 사라진 어둡고 적막한 방에서 쓸쓸하고 가슴 저미는 밤들을 보내던 나는 책장 구석에 낯선 시집이 꽂혀 있는 것을 발견했다. 홍이는 윤동주에 대해 몇 번이나 이야기했었다. 나는 홍이의 이야기를 건성으로 들었다. 시인의 슬픈 반생을 듣고 그 시집은 어쩐지 가벼운 마음으로 읽을 수 있는 책이 아니라는 생각을 했었다. 그래서 좀 더 여유가 생긴 다음에 천천히 읽어야겠다고 생각하고 책장에 꽂아 두었다. 드넓은 사막의 모래 속에 묻어 두듯.

시집을 발견한 나는 엎드려 별생각 없이 책장을 펼쳤다. 읽기 위해서라기보다 거기서 홍이의 흔적을 찾기라도 하는 것처럼. 책장을 펼치자 잉크 냄새가 코를 자극했다. 대충 넘기던 페이지의 첫 문장이 그대로 내 몸속으로 들어왔다. 투명한 언어의 빗줄기. 내 일본어의 의식 속에 윤동주가 엮어 낸 한국어 단어 하나하나가 용액처럼 스며들기 시작했다. 만난 적도 없고 전혀 다른 시대를 살았던 그의 말이, 그에게는 외국인인 내 마음에 그대로 배어들었다. 내 몸에 들어온 말의 작은 입자는 내 안에 있는 시간과 인생과 사고를 동시에 관통해 갔다. 어느새 나는 몸을 일으켜 자세를 바로잡고 책과 마주하고 있었다.

인생은 살기 어렵다는데
시가 이렇게 쉽게 씌어지는 것은
부끄러운 일이다.

이 글을 읽는 순간 영혼을 흔드는 듯한 너무나 큰 감동에 나도 모르게 자세를 바로 하고 눈을 깜빡이는 것도, 움직이는 것도 잊고 창밖의 숲을 바라보았다. 그리고 대학 도서관으로 가 그에 관해 조사하기 시작했다. 이 시가 쓰인 시대 분위기와 그가 처했던 상황, 그의 죽음을 상상하며 깊이 숨을 죽였다.

시인과 독자인 나 사이에 놓인 문제가 홍이와 나 사이에도 영향을 주고 있다는 사실을 깨달았다. 나는 윤동주의 시에 홍이의 마음을 비쳐 보았다. 어째서 그때 나는 이 시집을 제대로 읽지 않았을까. 생각해 보면 인간은 후회하며 사는 동물이다. 사자나 기린이나 낙타가 후회를 하리라고는 생각되지 않는다. 후회를 하기 위해 태어난 인간은 태어난 그 순간부터 얼마나 괴롭고 덧없는 존재인가.

1939년경에 쓰였다는 「나무」라는 시에는 모든 것을 있는 그대로 받아들이라고 일깨워 주는 대목이 있었다. 나는 홍이를 그리는 밤이면 홀로 조용히 그 시를 암송했다.

나무가 춤을 추면
바람이 불고
나무가 잠잠하면
바람도 자오.

이 시는 바람이 일어 나무를 흔드는 것이 아니라 원래부터 있던 것들이 그대로 존재함으로써 이 세상을 움직이고, 형태를 만들고, 존재하게 한다는 걸 가르쳐 주었다.

내가 태연하게 있으면 세상도 고요히 있으려 한다고 시인은 내게 깨우쳐 주었다. 만난 적도 없는 사람, 자신을 죽인 나라의 후예인 나의 마음에 시인의 생생한 사고의 비가 조용히 내렸다.

홍이가 운전하는 자동차가 서울 타워 부근에서 멈추었다. 사이드 브레이크를 잠그는 홍이의 팔에 힘이 들어갔다. 이곳에 오려고 차를 몬 건 아니라고 이야기하는 것이다. 마치 산에 오른 걸 후회라도 하듯이 차를 세웠다.

할 수 없이 거기에 차를 세운 것이다. 우리는 무언가에 이끌려 갔고 또 거기서 멈추었다고 할 수 있다. 별이 쏟아지는 밤, 얼어붙은 우주 공간 바로 밑에 우리를 태운 우주선은 어쩔 수 없이 정박한 것이다.

은하계에서 멀리 떨어진 캡슐 안에서 우리는 단둘이 되었다. 멀리서 별이 반짝이는 것을 보면서 우리는 말을 잃고 그곳에 있다. 나는 이 기적적인 재회가 가져다준 기회에 큰 기대를 걸고, 이 만남을 무의미하게 만들어서는 안 된다고 스스로를 타이른다.

"왜 아무 말이 없어?"

먼저 침묵을 깬 건 홍이었다. 목소리는 조금 떨렸고 시선은 서울의 야경보다 더 먼 저편에 못 박혀 있다.

"할 이야기가 있으면 해."

홍이의 두 번째 말은 첫 번째보다 더욱 냉정했다. 지금 이 사람이 칠 년 전, 늘 미소를 잃지 않던 홍이와 같은 사람이라고는 생각할 수 없었다. 거기엔 회선이 끊어진 채 방치되어 있고, 나는 이을 방법을 찾지 못해 끊어진 회선의 단면을 바라보고 있는 것이다.

"물어보고 싶은 게 있었어."

엔진 소리가 낮게 윙윙거리는 차 안에서 홍이는 혼잣말처럼 말했다.

"언젠가 네게 꼭 물어보고 싶은 말이 있었어."

홍이는 서울의 야경을 바라보며 입을 다물었고, 나는 홍이의 다음 말을 기다린다. 긴 침묵이 조금씩 두 사람의 마음을 침식해 들어와 깎아지른 듯이 날카로운 빙하의 단면을 부수었다.

하지만, 하고 홍이는 생각난 듯 침묵을 깨고는 한숨을 내쉬었다. 미혹을 날려 버리기라도 하는 것 같은 시원스러운 말투다.

"그런데 물어볼 필요도 없는 것 같아. 무슨 말을 하려고 했는지, 네게 할 말이 있었는지조차 잊어버렸어."

견디기 힘든 나는 베니, 하고 최홍을 불렀다. 그 옛날 우리가 아직 빛의 한가운데 있었을 때, 나는 홍이를 베니라고 불렀다. 예전의 다정했던 호칭은 두 사람 사이에 커다란 긴장을 가져오고 말았다. 홍이는 나를 힐끗 보고는 서먹서먹한 분위기로 되돌린 다음 서둘러 은하 저편으로 얼굴을 돌렸다.

"베니, 만약 네가 오해를 하고 있다면 난 그 오해를 풀고 싶어."

홍이의 표정이 풀리고 입가가 흔들렸지만, 그녀는 마음의 줄을 새로 조이고는 갑자기 사이드 브레이크를 풀고 기어를 드라이브로 옮겼다. 차체가 흔들리더니 길가에 세워 두었던 차가 달리기 시작한다. 말이 끊긴 채 우리를 태운 우주선은 다시 서울을 향해 하강하기 시작한다.

그날 나는 홍이를 한국식 발음이 아닌 베니라는 일본어로 불렀다. 홍이는 놀란 얼굴로 나를 돌아보더니 내 우발적인 착상에 매우 기뻐했다. 그녀 안에서 기묘한 화학반응이 일어나는 것을 알았다. 베니⋯⋯, 하고 몇 번이고 불러 보더니 그 울림을 재미있어했다. 뭔가 생각난 듯한 표정으로 즐거워하기에 나는 이유를 물었다.

"홍이라는 이름은 남자아이가 태어나길 바란 아버지가 내가 태어나기 훨씬 전에 준비해 놓은 거였어."

나는 수긍하며 함께 미소를 지었다.

"일본에선 완전히 여자아이의 이름인데. 홍이란 홍화에서 채취한 빨간색 색소를 말해. 프랑스어의 루주에 가까울까."

베니, 베니, 베니. 홍이는 몇 번이고 되풀이했다.

"한국에서는 중성적인 느낌이랄까? 어쩌면 오히려 남성적인 느낌일지도 모르겠어."

핸들을 잡고 있는 최홍의 얼굴에서는 그때의 부드러운 빛을 찾을 수 없다. 달 표면처럼 창백하게 얼어붙을 것같이 빛났다. 그 조각 같은 옆모습에 터질 것 같은 미소를 가졌던 예전의 베니가 겹쳐진다.

"그럼, 넌 윤오."

"윤오?"

"응, 준고를 한국어로 하면 윤오가 돼."

"어때? 멋진 이름이야?"

"응, 좋아. 아주 좋아."

윤오, 윤오, 윤오. 홍이는 내 이름을 한국식으로 불러 보았다. 윤오, 홍이는 우리 둘만 있을 때는 나를 윤오라고 부를 때가 많았다. 쓸쓸해 보일 때, 어리광을 부릴 때 그렇게 불렀던 것 같다. 싸움을 하거나 심각한 이야기를 할 때는 준고라고 부르는 편이 많았다. 아니, 그녀는 일부러 양쪽을 섞어서 사용했다. 두 이름을 별생각 없이 아무렇게나 사용했다고 생각했으나, 되돌아보면 두 호칭 사이에는 그녀 마음의 동요와 진실의 외침, 마음 깊은 곳의 상처가 숨겨져 있었던 것 같기도 하다. 홍이는 외국인인 나를 믿으려고 노력했던 건 아닐까. 혹은 조국을 떠나 외국에서 생활하는 외로움을 두 가지 이름을 섞어 부르면서 달래려 했던 건 아닐까.

"베니, 하고 싶은 말이 너무 많아. 하지만 지금은 무슨 말부터 해야 할지 모르겠다. 내가 무슨 말을 해도 분명 네게는 닿지 않겠지. 이 우연한 재회가 마지막 찬스란 것은 알아. 그래서 이 기회를 놓치고 싶지 않다는 것만은 말할 수 있어."

차는 남산을 내려와 신라호텔 쪽으로 향했다. 시내에 가까워질수록 헤어질 시간이 다가오고 있다. 차가 호텔 입구로 들어가기 전에 나는 그녀 마음에 닻을 내려야 했다. 하지만 갑갑할 정도로 내 입은 무거웠고, 홍이의 태도는 차가웠다.

나는 무릎 위에서 주먹을 쥐고 어금니를 깨물었다. 마음을 말로 표현하지 못하는 조바심에 눈가가 뜨거워졌다. 나 자신이 한심하다는 생각에 온몸에 쓸데없는 힘이 들어간다.

내 생각 탓인지 차의 속도를 내며 그녀가 뭔가를 뿌리치려 한다는 것이 전해 온다. 물론 그건 나라는 환영임에 틀림없다. 두 사람이 빛을 발했던 시절의, 이제는 무겁기만 한 그 눈부심과 혹은 사랑의 망령.

차가 호텔 입구에 다다르자 나는 갑자기 온몸에 힘이 빠지는 걸 느꼈다. 차가 멈추고 달려온 벨보이가 조수석 문을 열자, 영하 십 도의 차가운 공기가 내 뺨을 때린다.

안녕히 가세요, 하고 홍이가 말했다. 나는 고개를 끄덕이며 안녕히 가세요, 하고 답한다.

얼어붙을 것처럼 추운 밤, 나는 호텔 입구에서 사라져 가는 자동차를 한참 동안 바라보며 움직이지 못했다. 벨보이가 영어로 뭐라고 했지만 무슨 말인지 알 수 없다. 귀울음이 나고 기억의 실이 머리 꼭대기에서 천상으로 팽팽히 잡아당겨졌다. 이노카시라 공원 숲속을 혼자 힘겹게 달리던 흰옷의 홍이를 떠올린다. 풍요로운 시대에 태어난 두 사람인데 우리 사이에는 보이지 않는 가혹하게 높은 벽이 솟아 있었다.

"베니, 넌 왜 그렇게 열심히 달리는 거니?"

어느 날 나는 나무 그늘에 서서 달리는 홍이의 등 뒤에 대고
물었다.

눈가에 이슬이 맺히기 시작했다. 번져 가는 시야 저편에 서
울의 야경이 펼쳐져 있다.

11

트렁크 속에서 휴대 전화가 울리고 있다. 칸나임에 틀림없지만, 마음이 내키지 않아 우선 냉장고에서 작은 위스키 병을 꺼내 뚜껑을 열었다. 나뭇잎 사이로 비치는 햇살을 받으며 이노카시라 공원을 달리는 흰옷의 홍이 모습이 뇌리를 스친다. 트렁크를 열고 신경질적으로 울려 대는 전화기를 들었다. 어디에 갔었느냐는 칸나의 목소리가 귓가를 자극한다.

　"남산에 올라갔다 왔어."

　"누구랑?"

창가에 있는 일인용 소파에 앉아 위스키를 한 모금 마신다. 알코올이 식도를 태우며 위로 내려간다. 그리고 거꾸로 발바닥에서부터 서서히 피로가 올라온다. 그대로 머리를 소파에 기대고 눈을 감아 본다.

"혼자."

"그 사람 만났던 거 아니야?"

나는 위스키를 한 모금 더 마신다. 다시 빛의 샤워 속을 달려가는 홍이가 보인다.

최홍은 우리가 우연히 만났을 때부터 헤어지던 그날까지 쉬지 않고 달렸다. 내가 아르바이트에 쫓기고 있는 동안에도 묵묵히 달리고 있었다. 언젠가 왜 그렇게 열심히 달리느냐고 물어본 적이 있다. 홍이는 그냥, 하고 말끝을 흐렸다. 그저 그뿐이었는데 나는 왠지 그다음을 물어보아서는 안 될 것 같았다.

달리는 이유를 알기가 두려웠다. 둘이 관계가 삐걱거리기 시작한 다음부터 홍이는 더 오랫동안, 그리고 더 멀리 달렸다. 달리기를 할 때의 홍이는 내 손에 닿지 않는 존재였다. 달리는 그 속에 살아가는 모든 이유가 존재하기라도 하듯 조금의 흔들림도 없는 자세였다.

위에서 아래까지 새하얀 차림으로 최홍은 한결같이 달렸

다. 긴 팔다리는 마치 야생 영양 같았다. 땅을 차고 오르는 발과 허공을 휘젓는 팔, 그 조화롭고 멋진 탄력과 균형에 넋을 잃고 홍이를 바라보았다.

"그러니까 누구랑 남산에 갔었는데?"

나는 한숨을 쉬며 혼자라니까 하고 투덜거리듯 대답한다.

그리고 헛기침을 하고는,

"칸나, 넌 내 편집자지 애인이 아니잖니. 내가 일일이 보고해야 할 의무가 있을까?"

하고 냉정하게 말했다. 너무 야속하게 자른 것 같아 안된 생각도 들어, 답답한 가슴을 씻어 내리기 위해 남은 위스키를 마셔 버렸다.

"애인이 아니야?"

칸나의 목소리가 조금 잦아들었다.

"그것보다 곧 후쿠오카에 가야 하지 않나?"

눈가를 손으로 꾹 누르며 가능한 부드럽게 화제를 바꾼다.

"맞아. 구도 선생님 강연회로 후쿠오카에 가. 선생님이 네 작품을 높이 평가해 주셨어. 선생님께 할 말이 있으면 해. 대신 전해 줄게."

창 쪽으로 시선을 돌린다. 앉은 곳에서는 서울의 야경이 보이지 않았다. 남산 꼭대기임을 나타내는 불빛만이 어두운 유리창 안에서 용의 눈처럼 깜빡이고 있다.

"선생님께 감사드린다고 전해 줘."

빨간 별이 호흡을 하고 있다. 그건 홍이다. 달리기를 마친 홍이는 언제나 안에서부터 힘차게 깜빡였다.

아파트 계단참에 쭈그리고 앉아 땀이 식기를 기다리는 홍이. 42.195킬로미터를 달려온 마라톤 선수처럼 에너지를 모두 발산해 낸 개운한 얼굴이었지만, 내게는 왠지 그 무수한 땀방울이 온몸으로 흘리는 눈물 같았다.

"이제 잘 거지?"

칸나의 목소리가 온화하게 울린다. 그건 마치 지금부터 외출 같은 것은 하지 말라는 주문을 받은 기분이다.

"그래 조금 있다 잘 거야."

공항에서 최홍과 재회한 것을 칸나에게 털어놓아야 할지 망설인다. 이런 운명이 준비되어 있었다고 전해야 할지 말아야 할지.

"그럼 어서 자. 잠을 방해하면 안 되지."

나는 그래, 하고 끄덕인 다음 덧붙인다.

"한 가지 물어볼 게 있어. 만약에 말인데, 있을 수 없는 예기

치 못한 재회에 갑자기 맞닥뜨린다면 넌 거기서 운명을 느끼
겠니?"

내가 한 질문의 의도를 나도 알 수 없다. 의식을 하고 말했다
기보다 무의식 중에 말이 튀어나온 것이다. 그러자 칸나는 한순
간의 지체함도 없이 단호한 어조로 아니, 하고 기선을 잡았다.

"나는 운명론자가 아니어서 그런 우연에 좌우되진 않아."

피로한 탓에 귓속 깊은 곳에서 희미하게 저주파 진동이 느
껴진다. 우주에서 도착한 전자 신호처럼 뇌리를 흔든다. 정지
된 사고의 끝에 명멸하는 빨간 별의 존재가 있었다. 알았어, 이
제 자야겠다, 하고 나는 스스로를 납득시키듯 중얼거린다.

칸나가 작은 소리로 푹 쉬어, 하면서 드물게 먼저 전화를 끊
었다. 나는 휴대 전화를 침대에 던져 놓고 무릎에 손을 짚으며
일어났다. 창가로 다가가 오른쪽 저편에 펼쳐진 빛의 보석을
바라본다. 남산 위에서 홍이와 함께 내려다본 서울의 야경과
다시 마주했다.

"홍, 넌 왜 그렇게 필사적으로 달렸니……."

한숨에 창이 뿌예졌다. 유리창에 손가락으로 홍이란 한자
를 적어 본다. 글씨가 점점 옅어지더니 우주 속으로 녹아 사라
졌다.

12

누군가가 내 머리를 어루만진다. 그날의 홍이가 분명한데 나는 졸려서 눈을 뜰 수가 없다.

'일어나, 준고. 학교 지각하겠어. 자, 착하지. 어서 일어나요.'

일어나야지 하고 생각한다. 일교시 수업인 예술학 출석률이 아슬아슬하다. 어서 일어나라고 따사로운 손이 내 볼과 이마와 눈을 어루만진다.

'홍, 간지러워.'

홍이의 손을 잡으려는데 마음대로 되질 않는다. 홍이를 찾으면서 점점 의식이 깨어난다. 잡으려고 해도 잡을 수 없는 손. 신기루처럼 사라져 버리는 환영 같은 손. 실눈을 뜨고 실내를 둘러본다. 부드럽게 나를 깨운 건 홍이의 손이 아니라 아침 햇살이었다.

창 맞은편에 아침 햇살을 받아 화사하게 빛나는 남산이 보인다. 겨울의 추위를 견뎌 내는 초록과 마른 잎의 갈색이 뒤섞인 얼룩무늬가 새겨진 겨울 산을 눈부신 아침 햇살이 감싸 안고 있다.

기지개를 켜고 침대를 빠져나와 트렁크에서 꺼낸 소형 카세트를 테이블 위에 놓는다. 실내에 베토벤의 피아노소나타 「비창」이 흐르기 시작한다. 테이프에는 같은 곡이 되풀이해서 녹음되어 있다. 그가 남긴 아홉 곡의 교향곡과 서른두 곡의 피아노소나타, 그리고 스무 곡에 가까운 현악사중주 모두가 좋은 건 아니다. 오히려 화려하고 힘찬 베토벤의 작풍은 내 취향과는 멀다. 하지만 이 초기 피아노소나타 「비창」만은 몇 번을 들어도 싫증이 나질 않는다. 또 하나의 명곡 「월광」도 애착이 가는 곡이지만, 「비창」은 제목에는 쓰여 있지 않은 희망이 선율 안쪽에 감춰져 있는 느낌이 든다.

왜 이 곡을 내 마음의 분신처럼 생각하는 걸까.

베토벤은 스물일곱 살 때 귀에 이상이 있음을 자각한다. 병은 이 음악가에게 절망을 가져다주었다. 「비창」은 이 같은 절망의 구렁텅이에서 만들어진 곡이다.

나의 성장과 이 곡의 탄생에 나는 적잖은 공통점을 느낀다. 베토벤의 아버지는 인기 없는 가수로 매일 술에 빠져 지냈다. 네 살 때부터 피아노를 치기 시작한 베토벤은 열네 살에 생계를 책임지기 위해 궁정 악사가 된다. 아버지의 스파르타식 교육 때문에 그는 소중한 유년 시절을 피아노 앞에서만 보냈다. 소년 시절 베토벤의 버팀목이 되어 준 것은 어머니였다. 내 어린 시절과는 부모의 역할이 반대지만, 왠지 비슷한 처지라고 느껴진다. 가혹한 인생을 견딜 수 없었던 그의 귀는 세상을 거부하기 시작한다. 이는 자기 스스로를 내면으로 가두는 병이다.

1799년 베토벤이 스물여덟 살 되던 해, 청각을 잃어 가는 절망 속에서 이 곡이 만들어졌다. 왜 이렇게 아름다운 곡에 비창이라는 이름이 붙여졌는지 상상할 수밖에 없다. 그는 이 곡에서 신의 존재를 보려 하고 있다. 특히 제삼악장의 기도 같은 선율의 아름다움은 말로 이루 다 표현할 수가 없다. 말로는 가까이 갈 수 없는 신의 영역을 그리고 있다.

어느 날 내가 늦게까지 침대에서 일어나지 않고 담요 속에

서 꾸물거리자, 홍이는 내 이마에 손을 얹고는 괜찮아, 넌 이제
혼자가 아니야, 하고 말했다. 그녀에게 깊은 신앙이 있었기 때
문일까, 홍이에게 성모와 같은 자애로움을 느낄 수 있었다. 한
번도 어머니의 사랑을 받아 본 적이 없는 내게 홍이가 보여 주
는 다정함은 가끔 내가 알지 못하는 모성을 상상하게 하기에
충분했다.

나는 홍이 팔을 잡고 그녀를 침대의 바닷속으로 끌고 간다.
외로웠고 익사할 것만 같아 그녀에게 매달려 있고 싶었다. 두
사람은 사랑의 바닷속에서 하나가 되었다. 그녀는 내가 가라
앉지 않도록 꼭 끌어안았다. 우리는 입으로 전하는 호흡으로
부력에 저항하며 언제까지고 바다 밑에서 사랑했다.

"윤오, 이제 정말 일어나야 돼. 학교랑 아르바이트 전부 지
각할 거야."

"괜찮아, 베니. 난 이미 인생의 모든 것에 지각한 상태니까."

홍이가 아침 햇살 속에서 웃었다. 웃는 얼굴이 천진하기만
했다. 입가에 옥니가 보인다. 내게는 천사 같은데, 홍이는 자기
옥니를 싫어했다.

"한국에서는 최씨라는 성에 곱슬머리, 옥니를 갖추면 고집
이 센 사람으로 봐."

내가 보기에 홍이는 고집이 센 것이 아니라 누구보다 순수하고 자신에게 솔직한 사람에 지나지 않았다.

세월의 바다를 헤엄치면서 나는 조금씩 현실 세계로 돌아와야 했다. 셔츠를 걸치고 바지에 다리를 끼웠다. 흐트러진 머리를 고치고 방을 정리한다. 룸서비스로 시킨 커피를 다 마실 즈음에는 기억 속의 다정한 홍이와 이별을 고하고 있었다.

"윤오, 어서 나가자."

홍이가 얼굴 가득 미소를 지으며 내 등을 떠밀었다. 우리는 기치조지의 햇살이 넘치는 거리를 함께 달려 나갔다. 잰걸음으로 역을 향하면서 홍이의 입가에는 미소가 떠나지 않았다. 만원 전철 속에서조차 홍이와 나는 한 치의 빈틈도 없이 꼭 붙어 장난꾸러기들처럼 키득키득 웃어 주변 승객들의 눈총을 받았다. 하지만 그런 미소도 신주쿠까지였다.

홍이가 다니는 일본어 학교는 신주쿠역의 서쪽 출구에, 내가 다니는 대학은 거기에서 네 정거장 더 간 요쓰야에 있었다. 홍이는 마음이 안 놓이는 얼굴로 혼자 플랫폼에 내렸다. 가끔 내 팔을 끌어 함께 내리려고 하기도 했다. 난 손잡이를 꽉 잡았다. 문이 닫히고 전철이 달리기 시작하면 홍이는 플랫폼에서 우는 시늉을 했다. 멀어져 가는 홍이의 모습이 언제까지고 눈에서 떨어지질 않았다. 그런 날은 하루 종일 마음이 개운하지 않았다.

호텔 로비에 내려가 보니 이연희 과장 옆에는 홍이 대신 다른 사람이 서 있었다. 새로운 통역이 나를 보더니 처음 뵙겠습니다, 하며 일본어로 인사한다.

13

새로 온 통역자는 이연희 과장의 한국어를 일본어로 신속하게 그리고 정확하게 통역한다. 그 목소리에서는 주저함도 후회도 슬픔도 망설임도 전혀 느낄 수 없다.

　전날과 같은 카페테리아의 홍이가 앉았던 같은 자리에 그 사람이 앉았다. 때로 홍이의 잔영을 찾듯 통역자의 얼굴을 들여다보았지만, 거기엔 전혀 다른 사람의 얼굴이 있을 뿐이다. 한순간에 나를 현실로 되돌려 놓았다.

　"왜요?"

이연희가 내게 물었다. 얼른 고개를 젓고는 다시 기자의 질문에 응한다. 언제나 말 없는 목격자인 남산이 빛 속에 서 있다. 빛의 입자를 걸쳐 입은 남산이 황금빛으로 반짝인다. 투명한 겨울의 하루다. 나는 기분을 바꾸기 위해 몰래 심호흡을 한다.

그날 나와 홍이는 결혼을 약속했다.

칸나에게 홍이를 새 연인이라고 선언한 다음이었다. 그리고 막 동거를 시작했을 때였다. 엄밀히 말하면 결혼이라는 단어를 썼던 건 아니다. 하지만 두 사람은 언젠가 우리가 하나가 될 거라 굳게 믿어 의심치 않았다.

그날 역시 눈부신 아침이었다. 행복한 잠에서 깨어난 우리는 잠이 덜 깬 눈으로 서로를 바라보며 미소를 지었다.

"앞으로 쭉 이렇게 함께 눈을 뜰 수 있으면 좋겠다."

아무것도 주저할 것이 없었다. 둘 사이에는 한 장의 천도, 둘 사이를 가르는 문도, 세상을 차단하는 높은 벽도, 끝없는 국경선도 없었다.

"평생 이렇게 눈을 뜨게 될 거야. 누구도 우리의 미래를 방해할 순 없을 테니까."

순간 홍이의 얼굴이 밝아졌다.

"윤오, 약속이야!"

그 티 없이 웃던 얼굴을 잊을 수가 없다. 그것은 마음을 해방시킨 사람만이 가질 수 있는 얼굴이었다. 배신과 미움과 의심이라고는 찾아볼 수 없는 진정한 미소였다.

두려움 따윈 없었다. 우리에게는 모든 것을 결정할 수 있는 자유가 있다고 믿었다. 우리 둘 사이에는 어떠한 장애도 어떠한 적대감도 어떠한 불평등도 없었다. 나는 홍이를 힘껏 끌어안고 행복에 젖었다. 아버지와 어머니 같은 슬픈 인생을 선택하고 싶진 않았다. 홍이와 함께라면 행복해질 수 있다고 믿었다.

"죽을 때까지 함께 아침을 맞이하자."

결혼이라는 상투적인 말을 쓰지 않고 우리의 미래를 약속할 수 있다는 것이 기뻤다. 칸나와 사귀면서 난 결혼이라는 말을 자주 썼다. 결혼식, 결혼 피로연, 웨딩드레스……. 칸나가 떠난 뒤, 나는 그동안 쌓아 올린 말이라는 꿈의 궁전이 무너져 내리는 것을 목격하고 실어증과도 같은 상태에 빠졌었다. 칸나에게 한번 썼던 말을 홍이에게는 쓰고 싶지 않았다. 홍이나 칸나를 비교하고 싶지 않았다. 홍이와의 사랑은 그렇게 진부한 것이 아니라고 생각했다. 때문에 죽을 때까지 함께 아침을 맞이하자는 말은 내게 결혼 이상의 선언과 같았다.

그날 나는 홍이 손을 잡고 기치조지역 계단을 뛰어올라 갔다. 이른 시간, 졸린 얼굴을 한 사람들을 앞질러 시합이라도 하듯 개찰구를 빠져나갔다. 젊음을 이길 수 있는 것은 없고, 사랑보다 뛰어난 것은 없으며, 마음보다 깊은 건 존재하지 않는다고 우리 두 사람은 믿어 의심치 않았다.

만원 전철 안에 있어도 우리는 기분 나쁠 이유가 없었다. 직장인들에게 밀려 두 사람은 당당히 꼭 달라붙어 있을 수 있었으니까. 신주쿠역에서 헤어질 때도 그날만은 슬픈 얼굴을 하지 않았다. 홍이는 플랫폼에 남아 언제까지고 손을 흔들어 주었다. 도대체 어디에 인생의 함정이 있고, 도대체 어디에 인생의 덫이 놓여 있으며, 도대체 누가 두 사람을 폄하하려 한단 말인가.

활짝 갠 하늘은 두 사람을 위해 펼쳐져 있었으며, 상쾌한 바람은 두 사람의 마음을 응원하기 위해 불었고, 공원의 반짝이는 나무들은 두 사람을 위한 사랑의 찬가를 불러 주었다.

그날 저녁 우리는 기치조지역에서 만나 해가 뉘엿뉘엿 지는 공원을 산책한 뒤 단골 카페인 안나에 들렀다. 주인인 사이토 씨는 홍이를 무척이나 마음에 들어 했고, 두 사람은 내가 질투를 할 정도로 사이가 좋았다. 홍이는 그날 카페 주인의 가족을 증인으로 택했다.

"저기요, 사이토 씨. 이야기 좀 들어 주세요. 우리 둘은 언젠가 하나가 될 거예요."

사이토 씨는 얼른 내 얼굴을 보았다. 나는 고개를 끄덕이며 미소로 대답했다.

"앞으로 쭉 함께 일어나고 함께 자고 함께 웃고 함께 밥을 먹고, 그러기로 약속했어요."

내가 어른을 설득하는 듯한 말로 열변을 토하자, 홍이가 천진난만한 얼굴로 끼어들었다.

"맞아요. 함께 아이를 키우고 함께 집을 사고 함께 노후를 맞이하는 거예요."

사이토 씨는 잘되었다며 축하해 주었다. 주방에서 사이토 씨의 부인이 얼굴을 내밀고는 축하해, 하고 말했다. 어린 딸이 달려와 사이토 씨에게 안겼다. 부모의 특징을 반씩 이어받은 사랑스러운 딸을 사이토 씨는 마음속 깊은 곳에서 사랑한다는 듯이 힘껏 끌어안았다.

순간 이런 게 행복이라는 거구나 하고 나는 생각했다. 내게는 없었던 가족의 풍경이 거기에 있었다.

"윤오, 언젠가 저렇게 네 아이를 키우는 게 내 꿈이야."

홍이가 말했다. 나는 고개를 끄덕이고 테이블 아래서 홍이의 손을 꽉 잡았다. 우리 두 사람은 결혼이라는 것을 어딘지 모르게 두려워했다. 그렇기 때문에 나뿐만 아니라 홍이도 일부러 결혼이라는 말을 쓰지 않았던 것이 아닐까.

행복과 같은 양만큼의 불안도 있었다. 그 불안을 뛰어넘을 수 있느냐 없느냐는 행복의 질에 달려 있다. 그날 내 곁의 홍이는 틀림없이 행복 안에 있었다. 행복은 평생 이어지는 것이라고 그날의 우리 두 사람은 믿으려 했다.

14

그날 우리는 아직 지구가 둥글다고 믿었다. 지구는 은하계에 떠 있는 작은 행성으로 자전을 하며 태양의 주위를 돌고 있다. 그래서 정의와 사랑의 힘으로 세상은 하나가 되어 가고 있다고 생각했다. 그리고 어른들은 위대하며 아이들은 어른이 되기 위해 공부를 해야 한다고 배웠다.

우리는 사랑의 힘만 있으면 어떠한 어려움도 극복할 수 있다고 말했다. 국적이 다르고 문화와 피가 다른 건 아무 문제가 되지 않는다며 상대도 하지 않았다. 우리가 소속되어 있는 민족이 다를 뿐 두 사람은 똑같은 인간이고 남자와 여자며, 함께 울고 웃고 노여워하는데 도대체 뭐가 다르냐고 정색을 하며 묻기도 했다. 중요한 건 마음이며, 자라난 환경이나 풍토, 습관의 차이 같은 건 어떻게든 극복할 수 있는 거라고 단정 짓고 웃어넘겼다. 우연히 네가 한국 사람이고, 또 우연히 내가 일본 사람인 것뿐이잖아, 하고 술기운에 서로를 격려했다.

"알겠지, 베니. 이건 머리카락이야."

나는 내 머리카락을 잡아당겨 보이며 홍이에게 말했다. 그리고 홍이의 곱슬거리는 그 아름다운 머리카락을 만지며,

"같은 까만 머리카락."

하고 말했다. 그러자 홍이는 내 입술에 대고 다른 건 아무것도 없어, 하고 말했다.

나는 벽에 걸린 거울 앞으로 홍이를 데리고 가 팔짱을 꼈다.

"나이스 커플!"

하고 큰 소리로 외치자 홍이가 웃었다.

"미국에 가자. 서부 해안 모래밭을 팔짱을 끼고 걷는 거야. 어떤 미국 사람이 우리를 일본인과 한국인 커플이라 알아보겠니."

"윤오, 우린 잘 어울리는 커플이야. 정말 완벽해."

홍이가 내 품으로 파고들었다. 나는 홍이의 까만 눈동자를

들여다본다. 홍이의 눈동자는 복잡한 우주를 이루고 있었다. 아름다운 까만 눈동자 속에는 무수한 줄기 모양이 파도치고 있다. 살아 있는 신비가 거기에 있다. 나는 홍이의 얼굴을 두 손으로 감싸 안고 눈동자 속을 응시했다.

"우린 같은 몽골로이드야. 황갈색 피부에 흑갈색 머리카락을 가지고 있고, 아기였을 땐 엉덩이에 몽고반점이 있었지. 일본 사람도 한국 사람도 다 같은 아시아 몽골로이드야."

"아니, 윤오. 그전에는 같은 유인원이었어. 그전에는 양서류였고, 그전엔 어류. 그리고 그보다 훨씬 전에는 틀림없이 아메바였을 거야. 우리는 다 같이 바다에서 온 거라고. 또 우연히 우리 선조는 한반도에, 너희 선조는 일본 열도에 정착하게 된 것뿐이야."

"아니야, 베니. 일본 열도는 원래 한반도에 붙어 있었어. 원래는 하나의 유라시아 대륙이었지."

"아니야, 윤오. 아직 이 별에 바다와 땅이 없었을 때 이 별은 하나의 뜨거운 덩어리에 지나지 않았는걸."

"아니야, 베니. 맞다, 이 지구는 더 거슬러 올라가면 태양이었어. 태양에서 떨어져 나와 이 지구라는 별이 생긴 거야."

우리는 웃었다. 뿌리를 거슬러 올라가는 놀이로 우리는 자신들을 둘러싼 국경이나 경계나 식별의 공허함을 확인하게 되었다.

"아니, 윤오."

"아니야, 베니."

우리는 바닥을 뒹굴며 웃어댔다. 그리고 가톨릭 신자인 홍이는 바닥에 앉은 채 자세를 바로 했다. 좀처럼 웃음을 멈추지 못하는 나를 지그시 바라보다,

"너와 만날 수 있게 해주신 하느님께 감사해."

하고 말했다. 신앙이 없는 나는 홍이 앞에 무릎을 꿇고 앉아 아멘, 하고 십자가 긋는 흉내를 냈다.

"윤오!"

놀란 내가 미안, 하고 사과를 했다. 하지만 그녀는 화를 낸 것이 아니었다. 대신,

"십자가를 어떻게 긋든 아무 상관없어. 중요한 것은 네 마음 속에 하느님이 계시다는 거야."

하고 나를 깨우쳐 주었다.

그러고 보니 우리는 신앙에 대해 이야기하는 일이 많았다. 국적의 차이보다 신앙이 있고 없음으로 의견을 달리하는 경우가 더 많았으니까.

홍이는 왜 넌 신앙이 없니, 하고 자주 물었다.

"나뿐만이 아니야. 전쟁 전은 잘 모르겠지만, 신앙이 없는 일본 사람이 많아. 우리 부모님도 신앙이 없으셔. 하지만 모두 설날에는 신사에 참배를 하러 가고, 누군가가 죽으면 가까운 절에 가서 기도를 하고, 또 크리스마스이브 저녁이면 기독교인도 아니면서 캐럴을 부르거나 선물을 교환하지."

흠……, 하고 홍이는 신기해했다.

한국과 일본의 문화적 차이는 자주 두 사람의 화제에 올랐다. 음악과 영화, 소설 이야기에서 텔레비전 드라마와 스포츠에 이르기까지 화제는 끊이지 않았지만, 내가 어디까지 한국을 이해하고 있었는지는 의심스럽다. 한국에 가 본 적이 없는 나로서는 홍이의 설명만으로 이웃 나라의 윤곽을 마음속에 제대로 그리기는 불가능했다.

두 사람은 여느 사람들보다 더더욱 앞만 바라보고 있었던 탓에 밝은 미래만을 이야기했지만, 모든 인식에서 일치했던 것은 아니었으며 실제로는 모든 것이 미묘하게 어긋나 있었을 것이다. 그 미묘한 어긋남이 후에 커다란 어긋남이 되어 두 사람의 발밑을 뒤흔들게 된 것이다.

일부러 보지 않으려 했던 문제가, 그 애매함이, 혹은 눈속임

들이 결국엔 눈덩이가 되어 두 사람에게 덮친 것이다. 하지만 행복의 최고의 순간에 있던 우리가 현실의 무서움을 알 턱이 없었다.

그때 우리는 그저 티 없이 맑게 빛나는 쌍둥이별이었다.

15

두 나라 사이에는 드넓은 하늘과 바다가 가로놓여 있다. 홍이는 집 생각이 날 때마다 한국 쪽 하늘을 바라보았다. 그러고는 먼 하늘…… 하고 중얼거렸다.

무심코 한 말이었는지 본인은 금방 잊어버렸다. 며칠 후 먼 하늘이 무슨 뜻인지 물어보았다. 홍이는 기억이 나지 않는다고 했다. 하늘은 맑았지만 멀리 구름이 보였다. 홍이가 말한 먼 하늘은 홍이 앞에 펼쳐진 하늘이었을까, 아니면 하늘 저편에 이어져 있을 서울의 하늘이었을까.

둘이서 같이 바다를 본 적이 없다. 홍이는 자주 바다가 보고 싶다고 했다. 그녀가 말하는 바다는 현해탄 혹은 부모님이 살고 계시는 서울 근교의 바다로, 태평양이 아니었다. 바다가 보고 싶다고 떼를 쓰는 저녁이면 대개 혼자서 몰래 울었다.

"같이 있는데 뭐가 쓸쓸해?"

나는 그녀가 몰래 울 때마다 그렇게 물었다. 홍이는 눈물을 감추며 쓸쓸해서 그런 거 아니야, 하고 말했지만 그것이 거짓말이라는 건 알고 있었다. 꿈이 차츰차츰 무너져 내려 작은 구멍과 균열이 생기기 시작했다. 밝은 미래에도 검은 구름이 끼게 되었다. 평온한 미래라도 거친 파도가 일 때가 있다. 이것들은 자연 현상과 다를 바 없었다.

그럴 때일수록 우리는 힘을 합해 서로를 의지해야 했으나, 서로에게 너무 응석을 부리거나 두 사람이 너무 가까이 있었기에 사물이 제대로 보이지 않는 일이 늘었고, 객관적으로 상대방을 볼 수 없게 되었으며, 소중한 것과 필요한 것을 지나쳐 버리는 일이 많아졌다.

"준고는 몰라."

이럴 때면 홍이는 으레 나를 윤오가 아닌 준고로 불렀다. 나를 탓하며 준고라고 부를 때면 갑자기 홍이가 멀게 느껴지고 두 사람 사이에 벽이 생기는 듯했다.

나는 싫다는 홍이를 억지로 끌어안고 저항이 멈추기를 조용히 기다렸다. 극복하지 못할 틈 같은 건 없다고 스스로를 타이르며, 홍이를 더욱 꼭 끌어안았다.

"그래 울어. 부끄러워하지 말고 울고 싶은 만큼 울어."

"전혀 슬프지 않아! 우는 것도 아니고, 누구한테 진 것도 아니야!"

홍이는 강한 척하고 고집을 부리며 나를 거부했지만, 나는 팔을 풀지 않았다.

"그냥 내버려 둬. 아무것도 아니니까. 내버려 두라고."

"그럴 순 없어. 그냥 내버려 두면 네가 어딘가로 가 버릴 것 같아 두려워."

결국 홍이는 내 가슴속에서 울었다. 내가 모르는 곳에서 혹시 누가 상처를 준 건 아닐까. 아니면 차별을 당한 걸까. 한국인을 비난하는 텔레비전 프로그램이나 뉴스, 신문 기사를 본 걸까. 혹은 그녀 조국에서 무슨 슬픈 일이 일어난 걸까. 일본 사람과 사귄다고 가족들이 반대하고 있는 건지도 몰랐다.

그녀는 이유를 말하지 않았다. 어쩌면 이유 따위는 없을지 모른다. 향수라는 이유를 넘어선 생리적인 혹은 정신적인 또는 본질적인 문제가 그녀 마음속에 드리워졌을 가능성이 있었다. 결국 홍이의 그런 외로움을 내가 채워 주지 못한 것이 문제였다. 그때, 두 사람의 사랑도 패배하게 되는 것이다. 나는 보이지 않는 그 적이 두려웠으며, 언제 홍이가 무너질지 모른다는 불안에 떨었다. 혹은 어느 날 갑자기 한국에 갈래, 하는 말을 꺼내는 건 아닐까 걱정했다.

그 무렵 나는 몇 개나 되는 아르바이트를 해치워야 했다. 주말에 나이트클럽에서 하는 아르바이트는 새벽이나 되어야 끝났기 때문에 토요일과 일요일 아침은 늘 전철 첫차로 집에 돌아왔다. 그렇게 돌아와 방 한구석에서 울고 있는 홍이를 보면, 어떤 비난의 말들이 날아올지 나는 늘 조마조마했었다.

"준고는 분명히 아무한테나 다 다정할 거야. 그러니까 이렇게 늦게까지 일하게 되는 거야."

나는 쭈뼛거리며 그렇지 않다고 대답했다.

"일하는 데선 아무한테도 웃는 얼굴을 보이지 않고, 또 사람들하고 말도 안 해. 늘 네 생각만 한다고."

이런 거짓말이 홍이를 가장 화나게 만든다는 건 알고 있었으나, 오로지 홍이를 내 곁에 매어 두고 싶은 마음에 난 서툰 거짓말을 하고 말았다.

"하지만 베니, 현실적인 문제로 나는 일을 해야 해. 넌 집이 부자라 괜찮지만 난 가난하잖니. 내가 학비를 벌지 않으면 학교에도 갈 수가 없다고. 알겠니?"

"나도 일할래."

하며 홍이는 날 난처하게 했다. 하지만 혼자 어두운 방에서 내 늦은 귀가를 기다리는 것보다 같은 경험을 공유함으로써 내 입장을 이해할 수 있다면 그쪽이 나을 것도 같았다.

일주일 후, 홍이는 빵집에서 일을 시작했다. 그리고 기특하게도 첫 월급으로 내게 맛있는 불고기를 사 주겠다고 했다. 아무래도 그것이 일을 시작한 첫 번째 이유인 것 같았다. 그리고 나는 정말 배가 터질 정도로 불고기를 먹을 수 있었다.

뷔페식 불고기 집에서 돌아오는 길, 자전거 뒤에 탄 홍이는 불룩 튀어나온 내 배에 단단히 팔을 두른 채 말했다.

"윤오가 많이 먹어 줘서 너무 기뻐."

나는 금방이라도 눈물이 날 것 같았다. 지금까지 이렇게 마음이 담긴 선물을 다른 사람에게서 받아 본 적이 없었다. 등으로 홍이의 온기가 전해진다. 홍이는 내게 완전히 몸을 의지하고 있다. 나는 힘껏 페달을 밟았다. 멀어지기 시작한 두 사람의 마음을 비끄러매기 위해 전속력으로 페달을 밟았다.

16

어느 날 홍이와 쇼핑을 나가려는데 아버지에게서 갑자기 몸을 움직일 수 없다는 전화가 걸려 왔다. 기치조지에서 두 정거장 떨어진 오기쿠보의 주택가에 있는 집으로 달려가 보니, 아버지가 거실 피아노 옆에 쓰러져 있었다. 허리를 삐끗했다는 걸 알고 우리는 일단 한숨을 놓았다.

"피아노를 옮기려다 이렇게 됐다."

"뭐야, 못 움직인다고 해서 얼마나 놀랐는데. 그만해서 다행이에요."

"바보 같으니. 다행이긴 뭐가. 일어나지도 못하는데. 한심하게 됐다."

상체가 뒤틀린 상태인 아버지를 나와 홍이가 반듯이 누였다.

아버지가 홍이를 보더니 어라, 하고 말했다. 홍이는 아버지를 내려다보며 안녕하세요, 하고 씩씩한 목소리로 인사했다.

"자네, 이 바보 녀석 애인인가?"

아버지는 옛날부터 나를 '바보 녀석'이라고 부른다. 아버지로서는 친근함의 표시지만, 처음 만난 친구나 주변 사람들을 당황하게 만든다. 그런 반응이 재미있어 아버지가 히죽히죽 웃으니 주위에는 더욱 이상한 사람으로 비친다. 그래서 아버지를 다른 사람에게 소개하기가 꺼려진다. 어머니가 집을 나간 것도 어쩌면 아버지의 이런 성격과 맞지 않았기 때문일지도 모른다.

하지만 아버지가 어머니를 나쁜 사람이라고 말한 적은 한 번도 없었다.

"네 엄만 나로는 만족할 수가 없었던 게야. 그것뿐이다. 좋아하는 것만으로는 어쩔 수 없는 관계도 있는 거다. 우린 둘 다 표현을 하는 사람이니까. 너한테는 미안하게 됐다만, 그런 부모 밑에 태어났다 생각하고 참아 줬으면 한다."

그날 아버지는 웬일로 어머니에 관한 이야기를 했다. 홍이가 만든 한국식 국을 깨끗이 비운 다음이다. 아버지는 홍이에게 이렇게 맛있는 국은 태어나서 처음이라며 고마워했다.

아버지가 홍이를 물끄러미 바라보았다. 내가 집에 여자 친구를 데려온 건 처음이었다. 무슨 이유에선지 나는 칸나를 아버지에게 소개한 적이 없었다. 아들이 처음으로 여자를 데리고 집에 온 것이다. 아버지 눈에 홍이에 대한 흥미가 차고 넘쳤다.

"한국인 친구가 있다."

아버지가 느닷없이 이야기를 꺼냈다. 홍이는 어머 그러세요, 하며 미소로 답했다.

"젊은 시절, 뉴욕에 있는 오케스트라에 있었을 때 만난 친구지. 삼십오 년이나 지난 일이지만 지금도 가끔 편지를 주고받는단다. 참 좋은 남자야. 자주 밥도 같이 먹었고."

아버지가 홍이를 마음에 들어 한다는 걸 금방 알 수 있었다. 홍이가 어려워하지 않도록 에둘러 그런 이야기를 한 것이다. 평소 무뚝뚝한 아버지가 홍이에게 마음을 쓰는 것이 기뻤다. 홍이도 금방 아버지와 허물없이 이야기를 나누며 집을 나올 때까지 미소를 잃지 않았다.

"정말 맛있다. 이렇게 맛있는 음식을 매일 먹을 수 있으면 좋겠구나."

아버지가 입에 침이 마르도록 칭찬을 해 나도 홍이가 만든 국을 먹어 보았는데, 전혀 맛이 없었다. 레스토랑 주방에서 아르바이트를 한 적이 있는 내 쪽이 홍이보다 훨씬 음식 솜씨가 좋았다. 발림소리로라도 칭찬하기 어려운 홍이의 음식 솜씨를, 평소엔 좀처럼 하지도 않는 칭찬을 아끼지 않는 아버지가 내겐 특별하게 느껴졌다.

"아버님, 고맙습니다. 언제든지 불러 주세요. 한국 음식 많이 만들어 드릴게요."

아버지가 일어날 수 있을 것 같다며 내게 손을 뻗었다. 홍이와 둘이서 부축을 해 안아 일으킨다. 아이쿠 아야, 하면서 아버지는 일어났다.

"야, 섰다. 홍이가 만들어 준 국 덕분이다."

피아노 가장자리를 손으로 짚어 가며 아버지가 한 바퀴를 돌아보았다. 무리하지 마세요, 하며 홍이가 아버지 뒤를 따라 돈다. 그건 이미 가족이라고 부를 수 있는 광경이었다.

저녁이 되자 아버지는 좀 더 기운을 차렸는지 홍이를 위해 첼로 연주를 들려주었다. 아버지의 단골 메뉴인 바흐의 첼로 조곡 6번 작품 번호 BWV 1012 「사라반드」였다. 마음을 담아

관객을 배려하는 아버지다운 성실한 연주다.

아버지는 하루도 연습을 거른 적이 없다. 오케스트라를 그만둔 다음에도 언제 의뢰가 들어올지 모른다며 매일 첼로와 마주했다. 늙은 첼리스트에게 의뢰가 들어올 리 없었다. 그래도 아버지는 시간만 있으면 연습을 계속했다.

아버지의 첼로는 기본에 충실한 '훌륭한 교본'이라고 할 수 있는 연주로, 어머니의 인격이 배어 나오는 개성적인 피아노와는 정반대로 빛을 발하는 일 없이 지루한 느낌이다. 충실함이야말로 아버지의 모토로, 아버지는 일부러 주의를 끄는 것만큼 사람을 싫증 나게 하는 연주는 없다고 말했었다. 그건 어머니에 대한 은근한 비판으로 들렸지만 진의를 확인한 적은 없다.

우리 집은 할아버지에게 물려받은 목조로 된 이층짜리 단독 주택인데, 훔쳐 갈 만한 것이라곤 없어 어렸을 때부터 집에 문을 걸어 잠근 적이 없다. 애초에 열쇠 같은 건 없었다. 첼로를 보관해 둔 곳에만 자물쇠가 달려 있었다.

고등학교 때까지 나는 아버지와 함께 살았다. 이층에 작은 방이 두 개 있어 지금은 창고가 되어 버린 그중 하나가 내 방이었다. 대학에 들어가면 혼자 사는 게 꿈이었지만, 당시 아르바이트를 많이 하던 건 내 학비를 벌기 위해서만은 아니었다. 아파트 월세에다 가끔은 아버지에게 얼마간의 용돈을 드리기 위해서였다.

"옛날에는 여기에 아내와 아들이 있었지. 하지만 지금은 모두 나가 버렸어."

홍이가 내 얼굴을 쳐다보았다. 나는 그저 어깨를 들썩여 보일 수밖에 없었다.

"신경 쓸 일이 없으니 혼자 사는 것도 그리 나쁘지 않아."

아버지가 쓴웃음을 지으며 홍이에게 말했다.

17

그때 나에겐 시간이 없었다. 아침에 홍이와 함께 집을 나와 먼저 학교로 가서 오전 중에 왔다 갔다 하며 수업을 듣고는 점심을 거른 채 이치가야에 있는 영세한 출판사에 얼굴을 내미는 것이 일과였다. 내 책상에는 정리해야 할 자료가 산더미처럼 쌓여 있었고, 시간 내에 처리하기 위해 나는 숨 돌릴 틈도 없이 뛰어다녀야 했다. 저녁에는 교통량을 조사하거나 행사 보조 등의 다른 아르바이트가 기다리고 있어 항상 시간에 쫓겼다. 소설을 쓸 시간 같은 건 없었다. 주말에는 나이트클럽에서 웨이터로 일했고, 영화 제작 조수 일까지 맡게 될 때면 다른 아르바이트를 쉬거나 밤새 현장에 박혀 있는 일이 많았다. 그런 중에도 나는 가능한 홍이와 같이 있으려고 노력했다. 하지만 현실적으로 어려웠고 홍이의 불만과 고독은 더해만 갔다.

몇 해 뒤 『한국의 친구, 일본의 친구』라는 작품으로 수상한 직후, 나는 다음 작품의 구상을 겸해 뉴욕에 육 개월 정도 머물게 되었다. 그곳에서 나는 홍이 마음에 다가갈 수 있었다.

어느 한가한 날 오후, 공원에서 쉬고 있을 때 어디선가 나타난 남자가 내게 잽 너희 나라로 꺼져! 하고 욕설을 퍼부었다. 위협을 한 것도 아니고 그렇다고 싸움으로 번진 것도 아니다. 남자는 그저 잽, 하고 욕설을 내뱉은 것뿐이었다.

단지 그것뿐인데, 그동안 호감을 갖고 있던 미국이란 나라가 순간 어쩐지 섬뜩하게 느껴졌다. 그때 나는 어리석게도 내가 미국인이 아니라는 것을 깨달았다. 미국 문화의 영향을 흠뻑 받고 자란 내가 과거에 미국을 공격한 일본인의 후예라는 당연한 사실을 뼈저리게 느끼는 순간이기도 했다.

그리고 나는 홍이를 떠올리지 않을 수 없었다. 함께 지낼 무렵 홍이는 아무 말도 하지 않았지만, 내가 뉴욕에서 느낀 이상의 고독을 일본에서 맛보았을 것이다. 그때의 나는 그녀의 고독을 대체 얼마나 이해하고 있었을까.

하지만 난 늘 아르바이트에 쫓겨 지냈다. 가끔 시간이 날 때면 부족한 잠을 보충하는 일이 많았다. 아무리 아르바이트를 해도 늘 돈이 부족했다. 홍이가 낭비벽이 있었던 건 아니지만, 유복한 가정에서 자란 탓에 금전적인 가치관이 나와는 달랐다. 어쨌든 우리는 아무것도 보지 못했었다. 그러나 보지 못하면서도 조금씩 알아차리고 있었다.

어느 날 나이트클럽 일을 끝낸 여종업원들이 아침까지 영업하는 카페에 가자고 했다. 마침 그중 한 사람, 시비를 거는 손님이 있을 때마다 나를 도와준 선배의 생일이라 거절할 수가 없었다. 홍이가 뇌리를 스쳤으나, 건배만이라도 하려고 자리를 함께했다. 하지만 나는 만취해서 여종업원들의 도움으로 집에 돌아왔다.

한밤중 여자들의 웃음소리가 잠든 기치조지를 깨웠다. 몇몇이 택시에서 내린 것을 기억하지만 어떻게 계단을 올라가 집까지 왔는지 기억이 나질 않았다. 다음 날 아침 홍이에게 어제 무슨 일이 있었느냐고 조심스레 물었다. 홍이는 달리고 올게, 하는 말만 남기고 집을 나가 버렸다.

저녁에 다시 클럽에 가 보니, 그렇게 예쁜 여자가 집에서 기다리고 있으니 우리랑 잘 어울리지 않아도 하는 수 없겠다며 여종업원들이 놀렸다.

"준고 군, 그렇게 어린 나이에 벌써 동거야? 그 애가 날 째려보더라."

"설마 날 집까지 바래다준 거예요?"

여자들이 큰 소리로 웃었다. 웨이터 중 한 명이, 셋이서 부축을 해 집까지 데려다줬는데 생각이 안 나느냐고 제스처를 써 가며 설명했다.

나는 몸이 굳어 움직일 수가 없었다. 그날 저녁에는 몸이 좋지 않다고 하고 일찍 나이트클럽을 나왔다.

불이 꺼져 있었지만 홍이는 집에 있었다. 울고 있었을까. 방구석에서 쭈그리고 앉아 있는 홍이를 부르자 코를 훌쩍거리는 소리가 났다.

홍이가 어떤 마음으로 나를 기다렸을지 나는 좀 더 진지하게 생각했어야 했다. 바로 나이트클럽을 그만두고 다른 아르바이트를 찾아보았어야 했다. 그 일이 있고 난 후, 홍이의 시선은 안으로 잦아들어 갔다. 미소를 짓고 있어도 진심에서 우러난 것이 아닌 멍한 미소를 띠는 일이 늘어 갔다.

고독은 사람을 불안하게 만든다. 쓸쓸함은 사랑을 약하게 만든다. 슬픔은 미래를 어둡게 만든다. 거기에 젊음이 더해지면 모든 것이 위태로워진다. 밝은색을 잃어버린 화가가 그린 그림과 같았다.

　　"사사에 선생님, 괜찮으세요?"

　　통역자의 말에 정신이 든다. 여기는 칠 년 전의 기치조지가 아니라 신라호텔 라운지다. 바로 앞에는 신문 기자와 통역자가 나란히 앉아 있고, 옆에는 이연희가 있다. 아무것도 아닙니다, 잠깐 쉬었다 하지요, 라고 말하고 나서 나는 분위기를 바꾸기 위해 일어나 고개를 돌렸다.

　　"준고."

　　누군가 멀리서 내 이름을 부른다. 먼 기억의 바다 밑에서 들려오는 목소리. 마음속에서는 고개를 떨어뜨린 최홍의 슬픈 얼굴이 떠나지 않는다. 먼 하늘을 응시하던 홍이의 공허한 눈빛만이 떠오른다.

　　슬픔을 닦아 내듯 무심코 등 뒤를 돌아보았다. 예전의 빛을 찾으려는 듯 눈길을 모으다 나를 향해 걸어오는 한 여자를 보았다.

　　"준고."

밝은 꽃무늬 상의를 입은 고바야시 칸나가 라운지 입구에서 나를 향해 손을 흔들고 있다.

18

나 왔어, 하고 칸나가 말했다.

"하지만 일에 방해되지 않게 할게."

고바야시 칸나는 자리에 있는 사람들에게 가볍게 인사를 하고는 내 뒤에 자리를 잡았다. 등 뒤로 시선을 받으며 나는 취재를 계속한다. 아는 분이세요, 하고 이연희가 귀엣말로 물어 할 수 없이 일본의 담당 편집자라고 설명했다.

취재를 끝내고 보니 칸나가 자리에 없다. 테이블에는 빈 커피 잔이 덩그러니 놓여 있다.

나는 이연희 과장에게 영어로,

"어제 통역하신 분이 실수가 많아 바뀐 건가요?"

하고 물었다. 이연희를 대신해 새로 통역을 맡은 여성이 아뇨, 하고 일본어로 대답한다.

"어제 그분은 처음부터 대타였어요. 무슨 볼일이라도……."

"그 여자분, 예전에 제가 알던 사람과 많이 닮아서요."

의심을 받지 않도록 얼른 둘러댄다.

"소설가란 사람들은 추억을 더듬는 것이 일이어서, 향수를 자극하는 듯한 사람을 만나면 금방 제멋대로 상상의 나래를 펴게 되죠."

영감이라는 거군요, 하고 통역자가 눈을 반짝이며 말한다. 나는 쑥스러워하면서도,

"영감이 없다면 여러 작품을 만들어 낼 수 없을 겁니다."

하고 덧붙인다.

"그런데 어제 통역해 주신 분은 서울에 사세요?"

용기를 내어 물어본다. 내 걱정과는 달리 이연희가 아무렇지도 않게 서툰 일본어로 대답한다.

"분당이라는 교외에 사세요. 집이 호수 근처에 있다고 들었는데 가 본 적은 없어요."

설마 영감을 찾아서 분당까지 가실 생각은 아니겠죠? 하고 통역자가 놀리듯 물었다.

통역자와 이연희가 한국어로 소곤소곤 뭔가 이야기를 나누었다. 두 사람 입가에 약간의 미소가 돌자, 내 상상력은 더욱 날개를 단다.

"선생님, 미리 말씀드려 두는데 최홍 실장님은 애인이 있어요. 이야기해 봐야 아마 소용없을 거예요."

통역자가 빠른 어조로 못을 박는다. 이연희가 웃었다. 함께 웃는 내 얼굴은 일그러져 있을 것이다. 애인이라는 말에 나도 모르게 힘이 빠졌다.

체크인을 끝낸 고바야시 칸나를 호텔 바로 데려가 어째서 이런 바보 같은 행동을 하는지 따져 물었다.

"휴가를 냈어. 구도 선생님 강연회까지는 아직 시간이 있고, 서울과 후쿠오카는 엎어지면 코 닿을 데잖아? 잠깐 들렀다 간다고 뭐랄 사람도 없고."

앞머리에 가려진 칸나의 눈을 들여다본다. 그러자 풀이 죽어 있던 칸나의 눈이 나를 흘겨보듯 일자를 그리며 눈꼬리에 깊고 부드러운 주름을 하나 만들었다. 흑요석 같은 요염한 눈동자는 곧바로 나를 향해 투명한 빛을 발하고 있다.

"당신을 데리러 온 거야."

한 편의 시를 읊는 듯한 칸나의 낮고 힘 있는 목소리에 마음 속에 있던 모든 말이 일제히 입을 다물고 감정의 호흡마저 멎고 만다.

"당신이 날 한 번 더 사랑하게 되길 칠 년이나 기다렸어."

"그 이야기라면 지금까지 몇 번이나 했고, 또 몇 번이나 다시 시작하려고도 해봤잖니. 그런데 결국 우리는 안 됐어."

"나도 알아. 당신한테 잊을 수 없는 사람이 있기 때문이지."

나는 시선을 비끼며 그것도 이유이긴 하지, 하고 말끝을 흐린다.

"넌 작가인 날 좋아할 뿐이야. 있는 그대로의 내가 아니라 네가 자랑할 수 있는 날 좋아할 뿐이라고. 넌 날 만들어 가고 싶은 거야. 나를 발굴해 내고 그리고 내 미래를 그려 가고 싶은 거라고."

칸나가 웃었지만 그 눈은 웃지 않았다. 침묵이 흐른다. 안쪽에서 나타난 외국인 뮤지션들이 침묵을 깬다. 우리를 발견하자마자 웃음을 던지며 헬로, 하고 떠들썩하게 인사를 한다. 바 한쪽에 있는 작은 무대에서 사운드 체크가 시작된다. 꼼꼼한 리허설이 아닌 곡의 전주 혹은 간주의 일부를 확인하는 정도의 간단하고 쉬운 것이다. 연주하는 곡들은 왕년의 재즈와 누구나 아는 팝이었지만, 튕기는 듯한 멜로디를 몇 분 들려 주더니 이내 연주를 멈추고 그들은 잡담을 하며 우르르 다시 분장실로 돌아갔다.

"유행가 같은 건 딱 질색이야."

고바야시 칸나가 작은 목소리로 말한다.

"추억에 매달려 사는 사람을 보면 슬퍼져."

"그건 내 얘기구나."

칸나는 시선을 피해 뮤지션들이 사라진 무대에 해변의 표류물처럼 남겨진 악기들을 쳐다본다.

"나한테는 마지막 싸움이니까."

마치 예전의 블루스 곡을 흥얼거리는 듯한 그리움으로 칸나가 고백을 한다. 손목에 찬 카르띠에 시계가 은빛으로 빛난다. 초침이 없는 시계인데 왠지 초침 소리가 들리는 것 같다.

나는 시계를 들여다보며 일본과 한국 사이에 시차가 없다니 거짓말 같지, 하고 화제를 바꾸려고 중얼거린다.

"시차?"

칸나는 코웃음을 웃고 나서 말한다.

"추억이 아닌, 지금을 살고 있는 나를 봐줘."

19

일본과 한국이 같은 표준시를 공유하는 시간의 쌍둥이라는 것을 나는 바다를 건너올 때까지 실감하지 못했다.

"그런데도 한국과 일본은 어째서 이렇게 다른 걸까? 위도 때문일까?"

나는 얼어붙은 인사동 거리에서 침묵을 메우기 위해 하얀 입김으로 감싼 말을 토해 낸다.

"그렇게 다르다고는 생각되지 않아."

고바야시 칸나는 지나가는 사람들의 얼굴을 흥미롭게 들여다보며 담담하게 말한다. 폭 십 미터 정도의 번화한 거리에는 잡화상, 선물 가게, 도자기 가게, 카페 등 다양한 상점들이 처마를 나란히 하고 있으며 오가는 사람들로 활기가 넘친다. 스스키노나 우에노의 아메요코, 하라주쿠의 다케시타 거리, 나하의 국제 거리와도 통하는 아시아다운 에너지가 넘치는 곳이다. 홍이의 차를 타고 바라보았던 명동 밤거리의 현대적인 광경과는 대조적이다.

살을 에는 듯한 칼바람에 뺨이 아프다. 칸나가 내게 팔짱을 낀다. 쇼윈도를 들여다보는 척하며 슬며시 그 손을 뿌리친다.

그때 낯익은 인형이 내 눈에 들어왔다. 크기나 모양은 여러 가지지만, 홍이가 준 닥종이 인형이 분명하다. 그중에는 휘파람 부는 소년도 있었다. 그 곁에는 다정히 웃고 있는 소녀 인형도 함께. 오래 전의 두 사람을 떠올린다. 무심코 유리에 손을 대고 들여다보고 만다.

홍이에게 받은 것은 손바닥만한 크기였는데, 쇼윈도 안의 인형은 그보다 몇 배는 컸다.

"귀여운걸. 전부 커플 인형이야."

칸나가 내뿜은 숨이 쇼윈도에 부딪혀 주변을 하얗게 흐려 놓는다.

"어, 이 인형 본 적이 있어."

칸나가 얼굴을 유리에 바짝 붙이며 말했다. 나는 발길을 돌려 얼른 그곳을 피한다.

"저거랑 똑같은 게 준고 방에 있지 않아? 저 인형 본 기억이 있는데."

뒤따라 온 칸나가 마치 추궁하듯 말했다.

나는 발길을 멈추고 돌아본다. 종종걸음으로 쫓아온 칸나와 부딪칠 뻔한다. 또다시 시간이 멈춘다. 두 사람이 토해 내는 하얀 입김이 서로 얽히고 뒤섞여, 그곳에 안개처럼 그리운 시간의 모습을 그려 낸다.

고바야시 칸나의 갈색 눈동자가 곧바로 나를 응시하고 있다. 칠 년이라는 세월의 물결이 여기서도 밀려온다. 천진난만했던 여대생은 불과 칠 년 만에 장래가 촉망되는 편집자로 성장했다. 길었던 머리를 싹둑 자르고 남자들 못잖게 일을 처리해 내는 모습에는 커리어 우먼이라는 말이 제격이다. 신진 작가부터 대작가까지 두루 담당해 왔으며, 문학적 가치가 높은 작품에서 대중적 베스트셀러까지 폭넓은 책들을 세상에 내놓았다.

학창 시절의 칸나는 늘 남학생들의 동경의 대상이었다. 숲 속 나뭇잎 사이로 비치는 햇살을 받으며 우아하게 춤추는 아름다운 나비와 같았으며, 어디에 있어도 눈에 띄는 꽃과 같은 존재였다. 그 화려한 존재감 때문에 사람들 입에 늘 오르내리는 것은 편집자가 되고 나서도 여전하여 남성 작가들과 염문이 도는 일이 자주 있었다. 대부분은 여성 편집자들의 시기로 만들어진 창작물이었는데, 고바야시 칸나는 그것을 역으로 이용해 소문의 상대가 된 작가와 운명을 함께할 것을 자처해 보다 단단한 신뢰 관계를 쌓아 갔다. 탐욕스럽고 너무 계산적인 탓에 하나하나가 우스꽝스럽게 느껴지기도 하지만, 그 수법은 학창 시절과 전혀 다르지 않았다. 오히려 더 대담하고 야심만만하다고 할까. 그러나 문학의 종말이라는 말이 심심찮게 들리고 책이 팔리지 않는 시대를 살아가야 하는 작가들에게 고바야시 칸나만큼 명석하고 의지할 수 있는 편집자도 드물어 결과적으로는 우수한 작가들이 그녀 주위로 모이게 되었다.

"무슨 생각해?"

홍이가 했던 같은 질문에 나는 무심결에 쓴웃음을 짓고 만다.

"내가 무슨 생각을 하는지 넌 알고 있잖아."

칸나가 반 발짝 내게 다가오더니,

"아니, 늘 몰랐어. 무슨 생각을 하는지 준고만은 모르겠어. 아마 그래서 준고한테 더 마음이 쓰이는지 몰라."

하고 억양이 없는 말투로 말했다.

"난 네가 생각하고 있는 것을 잘 알아."

"그럼 나하고 결혼해."

칸나는 어째서 이렇게 얼어붙을 듯한 바람 속에서 이런 이야기를 할까. 나는 놀라지 않을 수 없었다.

"나에 대해 뭐든지 다 안다면 날 그대로 방치하지 말고 이제 결혼해 줘. 이래 봬도 청혼하는 남자들이 많다고."

애처로운 말에 마음이 흔들린다. 농담으로 네가 생각하고 있는 것을 안다고 했을 뿐이다. 뭔데 하고 물으면, 배고프구나? 하고 대답할 생각이었다. 심각한 분위기를 다소 여유롭고 가볍게 바꾸어 보고 싶었던 것이다. 하지만 그녀는 아무 생각 없이 접근하지 못할 예리한 칼날 같은 태도로 회피하려고만 하는 내 눈을 뜨게 한다.

고바야시 칸나의 입에서 결혼이란 말이 나온 건 처음이다. 그만 당황해 무심코 그녀의 눈동자를 바라본다. 흔들리지 않는 완강한 눈빛이 눈동자 한가운데서 불타고 있다.

"나하고 결혼해."

칸나의 눈이 순식간에 촉촉해져 간다. 야심가의 눈동자가 젖어 가는 것 또한 처음 보는 일이다.

20

배가 고팠지만 음식점이 아닌 스타벅스로 발길을 옮겼다.
고바야시 칸나와 나는 차가운 일월의 공기 속을 즐거운 듯 팔
짱을 끼고 걷는 사람들이 보이는 인사동 거리 쪽으로 난 유리
벽과 마주하고 나란히 자리를 잡았다.

"커피 맛이 같아서 좋다."

소중한 듯 두 손으로 감싸 안은 종이컵을 들여다보며 칸나
가 중얼거린다.

"왠지 조금 차분해진다. 부랴부랴 서둘러서 비행기를 타고

왔거든."

혼잣말처럼 중얼거리더니 커피를 다시 한 모금 마신다.

도쿄 작업실 근처에도 스타벅스가 있다. 늘 주문하는 카푸치노는 서울에서도 같은 맛이다.

"어디를 가든 변하지 않을 자신이 있었는데. 뭘 초조해하는 건지. 나답지 않은 것 같아. 그렇잖아, 결혼해 달라니. 내가 먼저 말을 꺼내리라고는 생각지도 못했어. 서른이 가까워져서일까. 나이 같은 건 아무 상관없다고 생각했었는데. 이런 거 정말 싫다."

나도 카푸치노에 입을 댄다. 몸이 따뜻해지자 배가 고팠었다는 생각이 난다.

"준고랑 둘이서 자주 커피 마시러 갔었지. 시모키타자와에 있는 스타벅스로, 학교에서 집에 가는 길이나 영화를 본 다음에."

"그렇지만 네가 헤어지자는 이야기를 꺼낸 것도 거기서였지."

칸나가 나를 보며 아 무덤을 파고 말았네, 하더니 웃는다.

"함께할 수 있으면 좋을 텐데……."

웃음을 거둔 칸나가 지난날을 그리듯 먼 곳을 바라보며 말했다.

"이건 준고가 내게 한 말이야. 그때 준고가 나를 얼마나 사랑했는지 지금도 기억해. 그 마음을 되찾기가 이렇게 어려우리라고는 생각하지 못했어."

나는 쓴웃음을 지으며 겨우 시선을 비낀다. 젊은 남녀가 어깨를 나란히 하고 커피숍 안을 들여다본다. 그날의 우리 모습이다.

그 무렵 나는 내 감정을 컨트롤할 수가 없었다. 첫사랑이었고 매일이 꿈만 같았기에. 아직 학생이었는데도 우리는 결혼에 대해 몇 번이고 이야기를 나누었다. 그리고 그 이야기를 꺼내는 건 늘 나였다. 칸나는 그래 좋겠다, 하고 맞장구는 쳐 주었지만, 대부분은 건성이었다.

"좋아. 준고가 좋을 대로 해. 준고가 결혼하고 싶다면 난 신부가 되어 줄게. 졸업하고 준고가 유명한 작가가 되면 바로 결혼식을 올리자."

나는 불만이었다.

"유명한 작가가 되지 않으면 나랑 결혼하지 않겠다는 뜻이야?"

"그래, 무명작가는 싫어. 그렇잖아, 소설가는 내일을 알 수 없는 세상에서 가장 불안정한 존재인데. 이거 알아? 작가하고 연예인한테는 은행에서 돈을 빌려주지 않아."

절망에 가까운 이야기였다. 소설가를 목표로 하고 있기는 했지만, 글로 먹고살 자신은 없었다. 막연히 작가가 되고 싶다는 바람이 있을 뿐, 이야기를 쓰는 일로 살아갈 수 있으리라고는 생각하지 않았던 것이다. 그래서 유명한 작가가 되면 결혼하자는 칸나의 말에 낙담하지 않을 수 없었다. 칸나에게 버려진 뒤에는 글을 쓸 아무런 기력도 일지 않았다.

"그때 나는 어린애였어. 겨우 스물 고만한 나이에 뭘 알았겠어. 그렇지만 지금은 달라. 서른을 눈앞에 두고 이젠 내가 어디에 서 있는지 제대로 알고 있어. 부탁이야, 예전의 나와 지금의 날 비교하지 말아 줘."

칸나의 말로 겨우 추억에서 나올 수 있었다. 홍이와 함께했던 그 미칠 듯한 열정에는 미치지 못하지만, 일 년간 나는 칸나를 사랑했었다. 그리고 그 시간만큼 내 안에는 칸나에 대한 추억이 있다. 그것들은 희미하며, 우스꽝스럽고 어리석으며, 유치하고 잔인하고 사랑스러운 것들뿐이지만, 지금에 와서는 어린 시절의 기억 못잖은 그리운 추억이 되었다.

그때를 생각하면 마치 색 바랜 청춘의 낙서를 보고 있는 듯한 기분이 든다.

홍이와의 추억은 생생하고 쓰라리며 결코 잊을 수 없는 것들뿐이다. 같은 시간이 거기에도 흘렀으나, 이쪽은 마르지 않는 수맥을 더듬어 가듯 살아 있는 기억들뿐이다. 앨범 속의 오래된 사진이 아닌 지금도 퇴색하지 않고 움직이는 필름과 같은 선명한 영상이다.

"있잖아, 준고. 조금 전에 내가 한 말, 진지하게 생각해 보지 않겠어요?"

마지막 말은 톤이 약간 낮아진 데다 정중한 말씨다. 뭐라 대답해야 할지 몰라, 옆에 앉은 칸나를 바라볼 수가 없다.

그녀가 쉽게 이야기를 꺼낸 것이 아니란 걸 안다. 조금은 억지스럽지만 진지함이 전해 온다. 고바야시 칸나는 이미 훌륭한 사회인으로 성장해 있고 대학 시절의 그녀와 다르다는 것도 안다. 그녀는 누구보다 노력을 아끼지 않는 사람이다. 사고방식이나 삶의 방법에 아직 타협할 수 없는 부분이 많긴 하나, 내가 작가가 될 수 있는 계기를 준 것 또한 칸나며, 그녀는 각박한 출판계에서 응원단장 같은 역할을 해주는 유일한 사람이다.

"고마워."

나는 칸나를 돌아보며 말했다. 불타는 듯한 시선이 내 눈동자에 꽂힌다. 그 시선을 어떻게 받아야 할지 갈피를 못 잡는다.

함부로 시선을 피하지도 못하고 그렇다고 언제까지나 응시할 수도 없어 나는 몰래 한숨을 몰아쉰다.

21

사랑의 줄다리기도 공복을 이기지는 못해 칸나와 나는 레스토랑을 찾기 위해 다시 인사동 거리로 나왔다. 한글 간판이 거리 양쪽에 줄지어 있다. 그 기하학적인 디자인은 여기가 일본이 아닌 한국임을 알려 준다. 울퉁불퉁한 포석이 발바닥을 기분 좋게 지압해 주고, 여기저기서 손님을 끄는 상인들 소리가 들린다. 영하의 날씨에도 그들의 소리는 한없이 기운차고 때로는 커다란 웃음소리까지 들려온다.

좁은 골목을 들여다보니 거기에도 음식점 몇 곳이 들어차

모락모락 하얀 김을 뿜어 내고 있다. 가게 앞에 커다란 냄비가 걸려 있지만, 그걸로 무슨 음식을 만드는지 우리로서는 상상이 되지 않았다.

결국은 인사동을 빠져나와 십여 분 걷다 다다른 또 다른 번화가에 위치한 레스토랑을 찾았다. 세련된 외장이 고급스러운 분위기를 자아낸다. 가게 앞에는 고급 승용차 몇 대가 대기하고 있다. 관료들이 이용하는 일본의 요정과 같은 곳일까.

"비싸 보이지만, 여기로 해."

칸나가 내 팔을 잡아끈다.

"걱정하지 마. 여기는 경비로 어떻게든 해볼게."

나는 그만 웃음을 터뜨린다.

"경비라니 무슨? 회사 사람들이 네가 서울에 온 걸 안단 말이야?"

고바야시 칸나는 혀를 내밀면서 뭐, 어떻게든 할게, 하고는 얼버무린다. 문을 열고 들어선 칸나는 점원에게 유창한 영어로 예약을 하지 않았음을 설명한다. 알아서 척척 움직이는 칸나의 모습을 나는 멀리서 바라본다.

어느 날 나는 칸나에게 연락을 받고 그녀가 근무하는 T사로가, 그녀의 직속 상사인 문예서적부 편집장 안도 히로시를 만났다. 그 분야에서는 특출한 인물로, 그 세계 사정에 어두운 나도 그의 이름을 알 정도였다. 키가 크고 목이 길었으며 약간 새우등인데 항상 줄무늬 셔츠를 입고 나타나, 나는 그를 기린이라고 불렀다. 기린은 어디라고도 할 수 없는 곳을 응시하면서 자넨 말이지, 쓸 수 있는 사람이야, 하고 이야기를 꺼냈다. 순간 나보다도 옆에 앉아 있던 칸나가 등을 곧추세웠다. 칸나가 마치 자기 일인 양 기뻐하는 것을 알 수 있었다.

"많이 쓰게. 쓰면 쓸수록 반드시 뭔가를 찾아낼 테니."

나는 네, 하고 대답했다. 기린은 날 보고 있지 않았지만, 그 미소는 내게 던진 것이었다.

"제가 찾아냈어요."

고바야시 칸나가 이야기 도중에 끼어들었다.

"제가 담당하게 해주세요."

칸나는 몸을 내밀면서 안도에게 호소했다. 안도는 작게 고개를 끄덕이며, 자네들 대학 시절 동창이라고, 하고 말했다. 나는 예, 하고 대답했다.

"소설의 세계는 점점 변해 가고 있네. 그렇다고 좋은 작가가 많아진 건 아니야. 쓸 수 있는 사람을 발굴해 내고, 그 사람이 좋은 글을 쓸 수 있도록 지원하고, 그리고 세상에 내보내는 것이 편집자의 역할이지. 아오키 군이, 아니 사사에 히카리라는 작가로서 이의가 없다면 담당은 고바야시가 좋다고 생각하네. 젊은 두 사람이 힘을 합해 일본 문학의 지평을 열어 주길 바라네."

고바야시 칸나와 염문이 돈 사람 중에는 안도 히로시라는 이름도 있었다. 등단을 한 지 얼마 되지 않아 한 파티 석상에서 선배 작가들이 그 일을 화제로 삼고 있었다.

"안도 씨도 별수 없는 남자로군요. 그런 젊은 여자애한테 쏟아붓다니 말이에요. 내 담당 편집자로 하려고 한다는 말에 기가 막혀 말이 안 나오더군요. 어째서 그런 젊은 여자아이가 내 담당이냐고요. 그 애는 아무하고나 잔다는 소문이 있어요. 분명 저 안도 씨하고도……."

그건 분명 날 빗대어 하는 말로, 문단에 들어오기 위한 의식과 같은 것이었다. 술안주가 되는 것이 싫어 나는 도중에 그 자리를 뜨고 말았다. 그 후 문단과의 관계를 끊었다.

"내가 없는 곳에서 사람들이 뭐라고 하는지 알아?"

갑자기 꺼낸 칸나의 말에 무슨 말이야, 하고 나는 딴청을 피웠다.

"나한테도 그런 소문이 들리고 가끔은 회사에까지 이상한 팩스가 날아와. 너무 심한 말들이 적혀 있어서 처음엔 약간 기가 죽기도 했지. 일본인의 이 집단 따돌림 기질은 어떻게 안 되는 걸까?"

신경 쓰지 마, 하고 나는 칸나를 위로했다. 염문이 끊이질 않은 그녀이긴 하나, 일 때문에 영혼을 팔 사람은 아니었다.

"하지만 서글퍼질 때가 있어. 어딜 가나 서로 발목을 끌어당기는 세상이니. 게다가 내가 애를 쓰면 쓸수록 안도 씨 얼굴에까지 먹칠을 하는 게 돼."

고바야시 칸나는 정말로 분한 것 같았다. 그리고 몇 년이 지난 지금, 칸나는 질투와 시기를 모두 뒤로하고 T사 내에서 자신의 자리를 확고히 했다. 그 노력은 존경할 만한 것이었다. 출판이라는 낡은 체제 속에서 자신을 굽히지 않고 싸워 온 그녀의 기력과 야심에는 경의를 표하지 않을 수 없다. 때문에 가끔은 그 눈부신 모습에 감동한다. 솔직히 가끔은 여동생을 지켜보는 오빠 같은 심정이 될 때도 있었다.

조용한 방으로 안내를 받고 나를 상석에 앉히더니 칸나가 웃으며 말했다.

"사사에 선생님, 어떠세요? 여기가 마음에 드시는지?"

대작가를 접대하는 듯한 어조로 나를 놀린다. 나 역시 대작가인 양 아, 마음에 듭니다, 하고 온화하게 대답한다.

"선생님, 그럼 드시지요. 많이 드시고 힘내셔야죠."

칸나의 행복해하는 미소에 마음이 아려 온다.

22

자꾸만 물김치에 손길이 간다. 내가 두 번이나 물김치를 더 달라고 하자 고바야시 칸나가 히죽히죽 웃는다.

"그거 정말 맛있지?"

나는 응, 하고 대답한다.

"준고는 워낙 말이 없는데 먹기 시작하면 더 과묵해져."

소주를 한 모금 마시고 또 응, 하고 대답한다. 칸나가 가방에서 윤동주 시집을 꺼냈다.

"비행기에서 읽었어. 당신이 권해 준 시집이야."

나는 좋아하는 책을 사서 사람들에게 권하는 습관이 있다.

"「아우의 인상화」라는 시가 좋았어."

그래, 하며 나는 고개를 끄덕이고 다시 물김치로 손을 뻗는다.

"준고, 응하고 그래라고만 할 생각이야? 그리고 아까부터 물김치만 먹고 있잖아."

칸나가 책갈피를 끼워 두었던 페이지를 펼쳐 조용히 읽기 시작한다.

발걸음을 멈추어

살그머니 앳된 손을 잡으며

'늬는 자라 무엇이 되려니'

'사람이 되지'

아우의 설운 진정코 설운 대답이다.

"나한테 나이 차이가 있는 남동생이 있었던 거 알던가?"

나는 얼굴을 들었다.

"어렸을 때 사고로 죽었어. 늘 내가 돌봤기 때문에 그 아이가 죽은 게 내 탓이란 생각을 했었어. 항상 함께 있었는데 그날만은 함께 있어 주지 못했거든. 그게 제일 후회스러워."

나는 다시 잔을 들었다. 달지만 센 술이다. 위와 영혼을 같이 씻어 주는 것 같다. 나는 칸나 앞에 놓인 잔을 들어 그녀에게 건넨다.

"동생을 위해 마시자."

칸나의 잔에 술을 따르고 가볍게 부딪친다.

"준고가 『한국의 친구, 일본의 친구』를 가지고 왔을 때 난 솔직히 싫었어. 그 소설에 나오는 한국 여성이 당신이 잊지 못하는 사람이니까. 그 사람에 관한 소설을 왜 내가 편집해야 하는 거지, 하는 생각을 했어. 하지만 지금은 조금 달라. 준고 작품을 통해 나도 그 사람하고 친구가 될 수 있지 않을까 하는 생각이 들었거든. 그리고 윤동주 시 덕분에 온화한 마음으로 서울에 올 수 있었어. 죽은 남동생의 영혼과도 하늘에서 만났던 것 같고. 저기 좀 이상한 일이지만, 비행기에서 이 시를 읽고 창밖을 보는데 동그란 무지개가 보이지 뭐야. 마치 거기에 동생이 있는 것 같았어."

"원형의 무지개라……."

"본 적 있어? 구름 위에 말이야, 마치 튜브처럼 둥근 무지개가 나타난 거야……."

평소에는 알코올을 입에 대지 않는 그녀가 잔을 깨끗이 비웠다.

"이 술은 마시면 위가 깨끗해지는 것 같지 않아?"

고바야시 칸나는 응, 하고 작게 고개를 끄덕이며 미소를 지어 보인다.

그날, 헤어지자는 이야기를 꺼냈을 때도 칸나는 고개를 숙이고 미소를 지었다.

"나하고는 도저히 안 되겠다는 거야?"

"응."

"하지만 지금까지 잘 지냈잖아. 어째서 갑자기 얘기가 이렇게 된 건지 도저히 모르겠다."

왜 그랬을까. 그때 칸나는 고개를 숙인 채 입가에 미소를 띠고 있었다. 나는 이렇게 괴로운데, 어떻게 저런 미소를 지을 수 있을까 하는 생각이 들었다. 뭔가 생각이 난 듯한 조금은 멍한 미소였다.

"헤어져야만 하는 이유를 분명하게 말해 주지 않으면 난 앞으로 살기 힘들 거야."

내 간절한 호소에 칸나는 잘라 말했다.

"널 사랑할 수 없게 된 것뿐이야. 더 이상의 이유는 없어."

어째서 사랑할 수 없게 되었느냐고 추궁했다. 칸나는 겨우 고개를 들고 말했다.

"이유는 나도 몰라. 갑자기 식어 버렸어. 더 이상 널 사랑할 수 없다는 느낌이 든 것뿐이야. 그런 느낌 또한 진실이고."

"그건 말이 안 돼."

"그래, 준고. 말이 안 돼, 이런 건 이유가 없으니까. 누군가를 사랑하는 건 말로 설명할 수 있는 게 아니고, 또 더 이상 사랑할 수 없게 되는 것도 어쩔 수 없는 일이야."

세상의 부조리하고 일그러진 숨은 모습을 본 그날 밤부터, 나는 번민의 밤과 우울한 낮을 맞게 되었다.

나는 물어보고 싶었다.

"그때 왜 날 사랑할 수 없다고 느끼게 됐니?"

칸나가 고개를 들고 나를 가만히 쳐다본다. 눈동자 깊은 곳에서 기억의 빛이 겹겹이 교차하며 흘러가는 것이 보인다. 그녀가 눈을 깜박일 때마다 우리는 과거의 빛 속으로 끌려들어 간다.

"모르겠어. 그땐 갑자기 당신이 아니라는 생각이 들었어. 당신을 언제까지고 사랑할 자신이 없었던 것 같아."

잠시 아무 말이 없던 칸나가 말했다.

"그렇지만 아직 어리고 제대로 판단을 하지 못했을 때 일이야. 부탁이야. 사람은 변하는 법이야."

순간 나는 최홍의 웃는 얼굴을 떠올린다. 그 웃는 얼굴을 한
번 더 볼 수 있을까, 하는 간절한 마음으로.

23

고바야시 칸나와 최홍이 만난 건 단 한 번으로 기억한다. 관계를 되돌리고 싶다고 날 찾아온 칸나와 홍이가 아파트 현관 앞에서 마주친 것이다. 놀란 홍이는 시종 고개를 숙였고, 칸나는 홍이의 존재는 안중에도 없는 태도였다. 하지만 내가 홍이를 애인이라고 선언하자 칸나는 홍이를 무섭게 노려보았다. 그때 그 순간 홍이는 칸나의 얼굴을 보았을까. 어쨌든 그로부터 긴 시간이 흘렀다. 행여 수십 초간 시선이 부딪쳤다 하더라도 이렇게 세월이 흐른 뒤 서로를 금방 알아볼 수 있을 정도는 아니었다고 생각된다.

다만 나는 몇 번인가 홍이에게 칸나에 대한 이야기를 했었고, 홍이도 가끔 칸나 이야기를 할 때가 있었다. 칸나도 내 담당 편집자가 된 후, 몇 차례인가 홍이 이름을 거론한 적이 있다. 칸나에게 잊지 못하는 사람이 있어 너와 교제할 수 없다고 말했다. 그때 홍이 이름을 칸나에게 털어놓았던 것 같다.

"그 사람은 지금 뭐 해?"

레스토랑을 나와 탄 택시 안에서 고바야시 칸나가 묻는다. 내가 그 사람, 누구? 하고 딴청을 부리자, 칸나는

"당신이 아직도 잊지 못한다는, 나와 헤어진 다음에 사귄 한국 여자."

하고 돌려 말했다.

글쎄, 하고 나는 도망친다.

"몇 번이나 말했잖아. 준고한테는 잊지 못하는 사람이 있다고, 그게 정리될 때까지 사랑을 할 수 없다고."

그랬었나, 하고 다시 한번 얼버무린다. 그래, 하고 칸나가 짜증스럽게 대답한다.

"정말 그 사람하고는 아직 안 만난 거야?"

고바야시 칸나가 최홍이란 이름을 부른 적은 없었다. 잊어

버렸는지도 모른다. 그렇다면 일부러 내 쪽에서 떠올리게 할 필요가 없을 것이다.

조용한 밤이다. 인기척조차 없다. 사진으로 된 대형 휴대 전화 광고가 도로 반대편에서 빛나고 있다. 간판에는 디자인된 한글이 춤을 춘다. 젊은 여자가 최신형 휴대 전화를 들고 거리를 활보하는 사진이다. 일본 탤런트 누구랑 비슷한데 생각이 나질 않는다. 일본인과 한국인의 차이를 나는 외관으로 분별할 수가 없다. 한글은 유일하게 그들이 한국인이라는 것을 알게 하는 기호였다. 거꾸로 한국 사람들은 일본 젊은이와 자신을 어떻게 구별할까. 그들 눈에는 일본 탤런트나 배우가 어떻게 비칠까. 어쩌면 지금 한국인에게 일본 젊은이들의 이미지는 한자나 히라가나가 아닌 가타카나 같은 것일지도 모른다. 우리가 멋진 한글 디자인을 재미있어하는 것처럼, 가타카나 일본인이 그들의 눈에는 어떻게 비치고 있을까.

자기 전에 한잔만 하자는 칸나의 고집에 할 수 없이 호텔 바로 발을 옮긴다. 외국인 연주가들이 애니멀즈의 곡을 시작으로 오래된 팝을 연주하고 있다. 저녁에 사운드 체크를 하던 사람들이다. 여성 보컬이 우리를 알아보고 손을 흔든다. 칸나도 웃는 얼굴로 손을 흔들어 보인다.

조금은 시끄럽고 빠른 템포의 음악이 더 이상 할 이야기가 없는 두 사람을 안심시킨다. 벽 쪽으로 자리를 잡고 그들의 노래와 연주를 들으며 조용히 술을 마신다. 연주 도중 칸나가 갑자기 준고는 뻔뻔해졌어, 하고 큰 소리로 몰아세웠다. 나는 곡이 끝나기를 기다렸다 어른이 된 것뿐이야, 하고 나로서는 드물게 큰 소리로 반박했다. 칸나가 웃으며 어깨를 들썩여 보이더니 앞에 놓인 잔을 비운다.

그날 칸나는 N상 수상식의 삼차 뒤풀이가 끝나자 모셔다 드릴게요, 하더니 내가 탄 차에 올라탔다. 홍이와 동거하던 아파트에서 걸어서 몇 분 거리에 있는 호수 반대편 주택가에 있는 낡은 아파트로 이사를 한 다음이었다.

"목이 말라."

하며 칸나가 함께 차에서 내렸다.

"그럼 역 앞 카페라도 가자. 집엔 아무것도 없어."

"집에 누구 있어?"

고개를 가로젓자 그럼 물 한잔만 줘, 하고 말했다. 할 수 없이 함께 집으로 들어왔는데, 칸나는 따라 준 물에는 손도 대지 않고 대신 옷을 벗기 시작했다. 처음부터 분명 그럴 작정이었을 것이다. 알몸이 된 칸나가 안아 줘, 하고 말했다.

창으로 들어오는 희미한 달빛이 칸나의 자그마한 몸의 윤곽을 아름답게 장식했다. 칸나의 몸은 학생 시절보다 훨씬 매력적으로 내게 다가왔다. 결심한 여자의 눈빛이었다.

"미안하지만 안을 수가 없어."

내 말에 칸나는 멈추어 서서 긴장했다.

"내가 매력이 없는 거야?"

칸나의 목소리는 희미하게 떨고 있었다.

"아니, 대학 시절보다 훨씬 아름다워. 그렇지만 안을 수가 없다."

칸나가 입술을 깨물며 슬픈 표정으로 나를 바라보았다.

"날 부끄럽게 만들 거야?"

칸나는 작지만 강한 어조로 말했다. 고개를 젓고 그녀에게 등을 돌렸다. 칸나가 등 뒤에서 나를 안은 순간, 술에 취해 내 방에 묵었던 날의 홍이가 떠올랐다.

이윽고 칸나의 눈물로 등이 젖기 시작했다. 나는 칸나를 안아 침대에 눕히고 이불을 덮어 주었다. 그리고 나는 이불 위에 누워 같이 아침을 기다리기로 했다.

홍이와 함께 누웠던 침대였다. 그리고 칸나와 교제하기 시작하면서 구입한 침대이기도 했다.

24

호텔 엘리베이터 안, 고바야시 칸나가 내게 안긴다. 억지스럽지 않게 살짝 다가오며 머뭇거리는 듯한 다정한 포옹이다.

　"내가 싫은 거야?"

　칸나가 내 귀에 대고 속삭인다. 칸나가 내릴 층에 엘리베이터가 서자 순간 내게 몸을 떼고 내려 문 저편에서 손을 흔든다.

　"잘 자고 내일 만나."

　나도 잘 자라고 대꾸한다. 엘리베이터 문이 완전히 닫힐 때까지 칸나가 나를 노려본다. 그 강렬한 시선이 강철 문으로 겨우 가려지자, 몸에 힘이 빠지고 한숨이 새어 나온다.

이튿날 창으로 쏟아지는 눈부신 아침 햇살에 눈을 떴다. 뭔가 꿈을 꾼 것 같은데 기억이 나지 않는다. 분당이라는 지명이 언제까지고 목에 걸려 있을 뿐이다. 눈을 비비며 햇살에 익숙해질 때까지 속으로 몇 번이고 분당이라는 이름을 반복해 본다.

프런트에 전화를 걸어 콜택시를 부탁했다. 처음부터 오늘 일정에 들어 있는 것처럼 아무런 망설임도 없었다.

일요일이어서 취재가 없는 대신 일본인 모임의 호의로 오후부터 시내 관광이 예정되어 있었다. 분당이라는 곳이 어딘지 알 수 없지만, 점심시간까지 호텔로 돌아올 수 있으리라 대수롭지 않게 생각했다.

"정체도 정체지만 서울 시내에서는 한 시간 정도는 걸립니다."

나를 맞은 운전기사가 노련한 일본어로 분당이 교외에 있는 베드타운이라고 설명해 주었다.

일본어를 잘하시네요, 하는 내 말에 운전기사는 일본에서 태어났으니까요, 하고 대답했다. 미묘하지만 목소리에 그늘이 있는 것 같아 더 이상은 묻지 않기로 했다.

"선생님 책은 일본어로 읽었습니다. 눈물이 그치질 않았어요. 감사합니다."

운전기사의 낮은 목소리가 내 마음을 두드린다.

분당은 낮은 산들을 깎아 개발된 베드타운으로 이삼십 층의 고층 아파트가 쭉쭉 솟아 있는 인공적인 도시였다. 일요일 오전이기 때문인지 대부분 상점의 셔터는 내려져 있고, 거리를 걷고 있는 사람들은 거의 나이가 지긋해 보였다. 운동 삼아 산책을 하는 게 일과인지 운동복 등 가벼운 옷차림이다.

어째서 홍이는 이곳을 택했을까. 분당은 가족 단위의 도시로 도쿄의 하치오지나 다마시와 비슷하다. 홍이는 여기서 애인이라는 그 사람과 함께 살고 있는 것일까.

"주소 같은 건 없습니까?"

거울에 운전기사 얼굴이 언뜻 보였다. 목소리로 받은 인상과 달리 훨씬 젊은 사람이었다.

"아뇨, 주소도 아무것도 없습니다. 다만 호수가 있다고 들었는데, 내가 찾는 사람이 그 호수 주변에 살고 있다고 합니다."

"호수요?"

도로 가에 차를 세우고 운전기사는 지도를 꺼내 살펴보기 시작한다. 운동복 차림의 여자가 차 바로 옆을 달려 지나간다. 홍이가 아닐까 얼른 뒤돌아보았지만 아니었다. 여자는 횡단보도를 건너 고층 아파트 사이에 있는 놀이터를 지나 숲길로 모습을 감추었다.

"있군요. 이 근처에 큰 호수가 있어요."

운전기사의 목소리에 조금 생기가 돈다.

"그럼 거기로 부탁합니다."

"꽤 넓은 호수인데 어느 쪽으로 갈까요?"

나는 생각한다. 내가 어떻게 하고 싶은 건지 결정을 내리지 못하고 있다. 거기서 홍이를 기다릴 생각이었다. 그렇지만 그녀와 만날 수 있을지는 모른다. 운전기사에게 뭐라 설명해야 할지 당혹스럽다.

"설명하기가 어렵습니다만, 난 거기서 안 나타날지도 모를 사람을 기다릴 생각입니다. 그 사람은 칠 년간 매일 달리기를 했다고 하더군요. 그 호수 주변을 달리는 것이 일과가 아닐까 생각합니다. 기사님 짐작으로 그 사람이 지나갈 만한 곳에 차를 세워 주시면 고맙겠습니다."

말도 안 되는 주문이었지만 젊은 기사는 알겠습니다, 하고 주저 없이 대답한다. 그는 자세한 것을 물으려 하지 않았다.

십 분 정도 달리자 운전기사가 왼쪽을 보세요, 하고 말했다. 햇빛을 받은 호수면이 반짝인다. 주위에는 아무도 없다. 마른 겨울나무들 사이로 드문드문 집들이 보인다. 호숫가에는 갈대가 무성했지만, 다른 주변은 최근에야 공원으로 조성된 듯 인공적인 느낌이 든다. 호수 입구에 있는 카페 앞에서 차가 섰다. 일단 차에서 내린 운전기사가 개점 준비로 바쁜 카페 사람과 이야기를 하고는 돌아왔다.

"보통 저 길로 많이 달린다는군요."

운전기사는 호숫가로 난 작은 길을 가리키며 말한다.

"한 바퀴 도는데 사 킬로미터 정도랍니다. 이 근처 사람들이 조깅 코스로 자주 이용한다는군요. 조금 더 가면 전망이 좋은 곳이 있다는데 거기서 기다리시겠습니까?"

"부탁합니다."

나는 힘주어 대답한다. 차는 다시 달리기 시작해 완만한 비탈길을 오르내리다 호수를 반쯤 돈 다음 멈추어 섰다. 전망 시설이 있는 작은 언덕 같은 곳이다. 여름이면 많은 사람이 여기서 쉬거나 가져온 도시락 등을 먹으며 한가롭게 보내지 않을까. 낮은 비탈이 호수 주변까지 완만하게 이어져 있다.

"밖은 추울 텐데요."

운전기사가 호수를 바라보며 말했다.

25

잠시 차 안에서 갈대가 무성한 호숫가를 바라본다. 이따금 갈대밭 사이를 달리는 사람이 보였다. 차를 세운 곳과는 거리가 있어 홍이인지 확인할 수가 없었다. 차창을 내리고 밖을 내다보자 차가운 공기가 내 초조한 마음을 타이르는 듯하다.

"사사에 씨, 밖은 매우 춥습니다. 기다리신다고 해도 그런 복장으론 어림없죠."

운전기사는 햇빛에 눈이 부신지 눈을 가늘게 뜨고 말했다.

"한낮 기온은 오 도까지 올라간다고 했습니다만, 호숫가니

체감 온도는 더 낮을 겁니다."

바람이 갈대밭을 흔든다. 멀리 분당의 고층 아파트들이 보인다. 호수 가장자리의 엷은 얼음은 내가 하려는 일이 얼마나 무모한 것인가를 말해 준다.

"그분이 달리는 시간이 대충 이 시간대인가요?"

나는 모른다고 중얼거리며 고개를 저었다.

"밖에 나가지 말고 여기서 보시는 건 어떠세요? 차를 좀 더 저 길 가까이에 세울 수 있으면 좋겠습니다만……."

"아무래도 저 갈대밭까지 가서 기다려야겠습니다. 못 견디겠으면 다시 오죠. 여기서 기다리시겠습니까?"

저야 기다리는 게 일인데요, 하고 운전기사는 공손하게 말한다. 나와 비슷한 연배로 보인다. 완벽한 일본어로 보아 혹시 재일 교포일지도 모르겠다.

"그럼 제 코트를 걸치고 가시죠."

운전기사가 차에서 내려 트렁크를 열고 방한복을 꺼냈다. 밖으로 나오니 갑작스러운 찬 공기에 코와 폐가 긴장한다. 영상 오 도라는 기온을 믿을 수가 없다. 영하의 날씨였고, 바람이 불면 더 춥게 느껴질 것이다. 나는 기사에게 코트를 받아 걸쳤다.

"그럼 다녀오십시오. 무리하지 말고 견디기 힘들면 바로 차로 오십시오."

완만한 비탈길을 내려간다. 호수 주변을 야트막한 언덕들이
둘러싸고 있다. 막상 내려와 보니 호수는 생각보다 꽤 넓었다.

호수 한쪽에 있는 갈대밭으로 발을 옮긴다. 호수를 일주하
게 되어 있는 조깅 코스 겸 산책로는 갈대밭을 가로질러 갈 수
있도록 되어 있었다. 갈대밭에 있는 나무다리가 산책로를 반
원을 그리며 건너는 형태로 되어 있었다. 바람을 피하기 위해
나는 갈대밭 쪽으로 가 조깅 코스를 한눈에 볼 수 있도록 나무
다리 끝에 섰다. 언덕 위로 내가 타고 온 검은 차가 보인다. 운
전기사가 의리 있게 차 밖으로 나와 나를 지켜보고 있다. 그에
게 손을 흔들어 보였다. 담배를 피우던 기사가 얼른 오른손을
높이 들어 대답한다.

산책로 저편으로 시선을 고정한다. 멀리 번화한 분당 거리
가 보였지만, 호수 주변은 집들이 뜨문뜨문했다. 빙 둘러싼 낮
은 산은 택지 조성을 위해 인공적으로 만들어진 게 분명했다.
이연희가 말한 호수가 정말 이곳인지 확신할 수 없었다.

추위를 견디며 계속 산책로를 바라본다. 그날 홍이는 나를
보고는 환한 웃음을 지었다. 그렇지만 내 앞을 지나갈 때도 달
리는 속도를 늦추지 않았다. 홍이가 지나가면서 일으킨 바람

이 내 뺨을 어루만졌다.

이노카시라 공원 호수 둘레는 이 킬로미터가 조금 안 되는데, 홍이는 평소 네 바퀴를 돌았다. 이따금 아르바이트나 수업이 없을 때, 혹은 컨디션이 좋을 때면 나는 호숫가 벤치에 앉아 홍이를 응원했다. 홍이가 내 앞을 지날 때마다 작게 손을 흔들었다. 홍이는 내 앞을 지나칠 때마다 미소를 보냈다. 그러나 결코 멈추어 서거나 같이 손을 흔드는 일은 없었다.

홍이는 언제나 자신에게 엄격했다. 이슬비 정도의 날씨로는 달리기를 쉬는 일이 없었다. 늘 힘겨운 얼굴이었지만 마지막 한 바퀴까지 전력을 다해 달렸다.

달리기를 마치면 호숫가에서 호흡이 잦아들기를 기다렸다. 그러고는 땀을 닦으며 내 곁으로 와 앉았다.

그날 나는 달리기를 마친 홍이를 둘러업었다. 홍이는 응석을 부리듯 웃었다. 달릴 때는 결코 긴장을 늦추지 않는 홍이가 내 등에 업혀 안심하고 웃어 주는 것이 기뻤다.

"베니, 정말 열심히 달렸어."

홍이가 내 등에 뺨을 대고는 응, 하고 대답했다. 약간 어리광 섞인 목소리다. 달릴 때의 굳은 표정으로는 도저히 상상도 할 수 없는 부드러운 목소리다.

"저, 윤오 무겁지 않아?"

무거웠지만 지고 싶지 않았다. 가벼워, 하고 거짓말을 하자 홍이는

"그럼 집까지 부탁해."

하고 말했다. 완만한 언덕 끝에 돌계단이 기다리고 있었다.

"배 안 고파? 잠깐 꼬치집에 들렀다 가자. 네가 좋아하는 쓰 쿠네 먹고 가자."

홍이가 하하, 하고 큰 소리로 웃었다. 역시 무겁지? 무거워 서 집까지 못 업고 가는구나, 하고 심술궂게 말했다.

"전혀 안 무거워. 목이 말라 맥주로 건배하자는 거야."

"안 돼, 윤오. 일단 아파트까지 데려다줘. 샤워하고 옷 갈아 입고 그러고 나서 꼬치 먹으러 가. 자, 힘내! 저기 돌계단을 다 올라가는 거야."

바람에 갈대가 흔들린다. 다른 생각을 한 사이 내 곁을 달려 간 사람이 있었다. 놀라 바라보았지만, 역시 홍이는 아니었다. 분당 거리를 바라본다. 마음이 흔들린다. 흔들리는 마음을 손 으로 어루만지며 꼭 만날 수 있어, 하고 스스로를 타이른다.

26

눈앞에 펼쳐진 얼어붙은 호수와 갈대밭이 홍이와 떠났던 교토 여행의 기억을 깨운다.

1997년 시월, 최홍이 커다란 트렁크 두 개를 끌고 내 아파트로 왔다. 어찌 된 영문이냐고 물으니 엄마가 결혼을 반대해서, 하고 대수롭지 않다는 듯 말했다. 홍이가 신세를 지고 있던 학교 선배가 출산을 위해 잠시 서울에 가 있었기 때문에 홍이는 아파트에서 혼자 생활하고 있는 거나 마찬가지였다.

교제를 시작한 직후부터 우리는 자주 서로의 집을 드나들었다. 찾을 때는 매일 홍이가 내 아파트에 왔다. 하지만 그녀에게는 돌아갈 곳이 있었기 때문에 동거라고 할 수 없었다. 때문에 그녀가 트렁크를 들고 나타났을 때 나는 다소나마 동요하지 않을 수 없었다.

"글쎄, 엄마가 일본 사람하고는 결혼 못한다잖아."

그래도 그때가 우리에게는 가장 행복한 시절이었다. 우리로서는 알 수 없는 일들과 그로 인한 불안이 있었지만, 어렸기에 무엇을 하든 무엇을 보든 무슨 생각을 하든 그저 즐겁기만 했다.

그 기세로 우리는 손을 잡고 교토로 여행을 떠났다. 동거의 다음은 도피행이란 듯이 순진하고도 뻔뻔스럽게.

수학여행 때 교토 인근의 사가노에 간 적이 있는 나는 가이드북을 사 들고 홍이에게 교토의 아름다움을 안내했다. 아라시야마역에서 궤도 열차를 타고 호즈강 상류로 올라가, 가메오카역 옆에 있는 선착장에서 배를 타고 호즈강의 명물인 강놀이를 즐겼다. 사냥모자바위와 거울바위, 개구리바위 등 우스꽝스럽고 어딘가 기묘하고 커다란 바위들이 강 주변을 장식하고 있었다. 곱게 물든 단풍은 말로 표현할 수 없을 정도로 아름다웠다. 홍이는 병풍처럼 드리운 경치를 가리키며 어린아이처럼 신나 했다.

사가노의 대나무숲 길에서 우리는 나뭇잎 사이로 비치는 햇빛을 받으며 달콤한 입맞춤을 했다. 바닷속에서 하는 키스처럼, 물결처럼 출렁이는 햇살은 우리를 취하게 했다. 나도 홍이도 자신들이 사랑을 하고 있다는 사실에 매료되어 영혼을 빼앗기고 있었다. 기쁨의 절정이라는 말이 그때의 우리에게는 딱 맞았다.

해가 질 때까지 사가노의 대나무숲 길을 거닐었다. 해가 기울기 시작할 무렵에야 겨우 우리는 숙소 걱정을 하기 시작했다. 홍이가 주머니에서 주소가 적힌 메모지를 꺼내 보이며 걱정하지 마, 근처에 아는 사람이 있으니까, 하고 말했다.

사가노 지쿠로안이라는 전통찻집에 도착했을 때는 날이 저물어 곧 찻집 문을 닫을 시간이었다. 주인인 사에키 시즈코는 홍이 아버지의 오랜 친구로, 어려운 일이 있을 때 도움을 청하라고 아버지가 주소를 건네주셨다고 했다. 교토로 가자고 한 건 홍이였다. 처음부터 시즈코를 만날 목적이었는지도 모르겠다.

홍이는 딸의 직감으로 사에키 시즈코와 아버지 사이에 어떤 특별한 사연이 있었던 것은 아니었나 상상하고 있는 것 같았다.

"옛날 애인이 아니냐고 엄마가 없을 때 물어본 적이 있었어. 근데 자백을 하지 않더라고. 많은 팬 중의 한 명이라고 얼버무리지 뭐야."

사에키 시즈코는 초로이긴 하나 기품이 있어 보이는 미인으로 에도 시대 판화에 나올 듯한 희고 고풍스러운 용모였다. 홍이를 보자 눈물을 글썽이며, 어서 오라고 반겼다. 시즈코는 홍이를 통해 홍이 아버지인 최한과의 추억을 떠올렸음에 분명하다.

"이 근처에 아는 여관이 있으세요?"

홍이의 말이 채 끝나기도 전에,

"여기서 묵고 가요. 아무것도 없지만 편히 있다 가요."

하고 말했다. 우리가 묵고 가기로 하자, 시즈코는 바로 가게 문을 닫고 서둘러 저녁을 준비했다.

저녁을 먹은 후 차가운 백포도주를 마시며 시즈코가 말하는 홍이 아버지 이야기에 귀를 기울였다. 시즈코는 즐거운 듯 최한에 관한 이야기를 했다. 연인이셨나요, 하고 실례를 무릅쓰고 물어보았지만 아뇨, 난 그분 팬이었어요, 하는 마치 약속이라도 한 듯한 대답이 돌아왔다. 그러나 두 사람 사이에 사랑이 존재했음을 감지할 수 있었다. 플라토닉 같은, 멀지도 가깝지도 않은, 서로의 자리에서 같은 시간에 먼 하늘을 바라보고 있는 것 같은.

일본식 안뜰을 마주하고 있는 손님방에는 낮은 병풍형 칸막이가 한가운데 놓여 있었고 양쪽에 이부자리가 한 채씩 깔려 있었다. 칸막이는 시즈코 나름의 배려였다.

우리는 불을 끄고 이불속으로 들어가 마치 수학여행 온 학생들처럼 낄낄거렸다. 바로 옆방에 사에키 시즈코가 자고 있어 홍이와 함께 눕기가 꺼려졌다. 쉽게 치울 수 있는 작은 칸막이였지만, 둘 사이에 턱 하니 놓여 있는 것만으로 우리는 왠지 도덕적인 감시를 받는 것 같아 이상한 기분이 들었다.

목소리를 죽여 무슨 이야기를 하다가 갑자기 우스운 생각에 웃음을 터뜨렸다. 옆방에서 자는 시즈코에게 들리지 않도록 참으면 참을수록 웃음은 새어 나와 눈물이 날 지경이었다. 하지만 행동이 조심스러워 나는 필사적으로 자는 척했다.

한밤중에 내 이불속으로 침입자가 들어왔다. 막 잠이 들려던 참이어서 하마터면 놀라 소리를 지를 뻔했다. 침입자는 내 입을 막았고, 나는 또다시 웃음을 참아야 했다.

아무 소리도 들리지 않는 사가노의 어둠 속에서 나와 홍이는 서로를 꼭 끌어안고 잠이 들었다. 우리는 더 이상 웃지 않았다. 내 팔 안에 홍이가 있었다. 그때 우리는 소리 없이 다가오는 불안한 그림자를 알아차릴 수 없었다. 평온한 얼굴로 자는 홍이를 조용히 끌어안고 행복에 겨운 나는 당장에라도 깰 것 같은 얕은 잠 속으로 빠져 갔다.

27

추위를 건디지 못한 나는 일단 자동차로 돌아온다. 운전기사가 나를 보자 얼른 나와 뒷좌석 문을 열어 주었다. 그의 눈이 만났느냐고 묻는다.

"아뇨, 아직."

얼어붙은 목소리로 대답한다.

차 안으로 들어온 다음에도 갈대밭 쪽에서 시선을 뗄 수가 없다. 운전기사가 캔 커피를 사다 준다. 따뜻한 캔을 두 손으로 감싸고 곱은 손가락이 녹기를 기다린다. 무리하시지 않는 게 좋겠는데요, 하고 운전기사가 걱정한다.

"일부러 여기까지 왔으니 조금만 더 버텨 보려고요. 조금 쉬었다 몸이 따뜻해지면 다시 나가 보겠습니다. 더 기다려 주실 수 있나요?"

내 말에 운전기사는 낮은 소리로 알겠습니다, 하고 대답했다.

내가 하고 있는 일이 얼마나 바보 같은 짓인지 안다. 그렇지만 납득이 갈 때까지는 단념하고 싶지 않다.

캔 커피를 다 마시고 나는 다시 밖으로 나왔다. 빛나는 호수면을 향해 다시 비탈길을 내려간다.

그날과 마찬가지로 나는 신칸센을 타고 교토로 향했다. 하지만 내 곁에는 홍이가 없었다.

교토역에서 사가노 지쿠로안까지 택시로 달려갔다. 사에키 시즈코를 만나자 홍이와 함께했던 즐거운 추억에 가슴이 저며 나도 모르게 눈가가 촉촉해졌다. 홍이가 거기에 없다는 건 알고 있었다. 어느 곳에도 홍이는 없었다. 그녀의 지인들과 한국인 친구, 내가 생각해 낼 수 있는 모든 사람에게 연락해 보았지만, 홍이에 대한 아무런 정보도 얻을 수가 없었다. 어찌해야 할 바를 모른 채 나는 괴로운 마음을 달래기 위해 사가노에 찾아간 것이다.

사에키 시즈코는 동요를 감추지 못하는 나를 위해 따뜻한 차를 내주었다.

"두 사람은 아직 젊어요. 얼마든지 다시 시작할 수 있잖아요. 시간을 들이면 오해를 풀 수도 있죠. 잘못한 것이 있어도 진심으로 사과하면 전해지게 마련이에요. 그렇지만 절대로 노력을 아껴서는 안 되죠. 그리고 아무리 힘들어도 진실된 마음을 가져야 해요. 알겠어요? 사랑은 결국 마음이죠. 준고 씨가 홍이 씨에 대한 마음을 소중하게 간직한다면, 언젠가는 반드시 그 마음이 닿을 거예요."

다음 날 나는 혼자서 대나무숲 길을 걸었다. 나뭇잎 사이로 비치는 햇살을 받으며 주고받은 입맞춤을 떠올리자 가슴이 죄어 왔다. 그러나 나보다 더 깊은 상처를 안고 일본을 뒤로했을 홍이를 생각하면 한층 가슴이 아팠다. 안타까운 마음에 나는 대나무숲 속에서 넋을 놓고 혼자서 울었다.

시즈코가 만들어 준 저녁을 먹고 그녀와 술잔을 마주했다. 대나무로 둘러싸인 안뜰에 서 있는 등롱 속에서 촛불이 흔들리고 있었다. 바람이 불 때마다 흔들리는 불꽃에 안뜰 전체가 흔들리고 나도 따라 흔들렸다.

"홍이 씨 아버지는 멋진 목소리를 가지셨죠. 그 목소리를 사랑하고 말았어요. 하지만 그분에게는 부인과 가족이 있으니 내 마음을 고백한 적은 없어요."

나는 잠자코 시즈코의 이야기에 귀를 기울였다. 시즈코는 잔을 쥐고 하염없이 빛을 바라보았다.

"나는 홍이 씨 아버님 팬이었어요. 그분은 언제나 빛이 났죠. 그 곁에서 살고 싶었어요. 하지만 이루어질 수 있는 소망이 아니었기에 혼자서 이렇게 살아온 거예요. 그러나 한시도 그분을 잊은 적이 없고, 지금도 존경하고 있어요."

시즈코가 들려주는 이야기는 마치 내 이야기 같았다. 놓인 입장과 시대, 만남과 서로 사랑하는 방법이 다른데도 네 사람의 영혼에는 같은 빛이 깃들어 있는 것 같았다.

"최한 씨의 아버님, 그러니까 홍이 씨 할아버님은 유명한 한글학자셨어요. 최한 씨가 출판사를 만들었을 때, 일본 책을 출간하는 것을 아버님이 반대하셨죠. 하지만 최한 씨는 이웃 나라를 제대로 아는 것이 진정한 우정을 만들어 가는 길이라고 설득하고는 일본 문학 소개에 힘을 쓰셨어요. 일본 고전 문학이 한국에서 재평가받게 된 것도 최한 씨 덕분이죠. 그 무렵 난 신문협회에서 일하고 있었는데 그게 인연이 되어 그분을 만나게 되었고, 그 후로도 종종 함께 일을 했죠. 그 곁에 있는 것만으로도 즐거웠고, 그 다정함에 마음이 따뜻해지는 것 같았죠. 그분에게서 많은 것을 배웠고, 난생처음 남자의 훌륭함이란 것도 알게 되었죠. 그래서 그분이 결혼한다고 했을 때 난 울어버렸어요. 단지 그분의 팬으로서 많이 울었죠."

시즈코가 들려 주는 이야기는 나에게 위로가 되었다. 두 사람에게는 다시 시작할 수 있는 시간과 방법이 있잖아, 하고 말하는 것만 같다.

"한국은 바로 지척, 바다만 건너면 되는 곳이에요. 마음만 있으면 금방이라도 갈 수 있는 곳이죠. 문제는 준고 씨와 홍이 씨 마음이 솔직하게 만날 수 있는 순간을 찾는 것뿐이죠. 젊은 두 사람이 다시 만나는 데는 그리 긴 시간이 필요하지 않아요. 다시 시작하기 위해 필요한 건 단 하나, 바로 용기예요."

시즈코는 지나간 날들의 빛을 바라보듯,

"내게는 그게 부족했어요. 내게 용기가 있었다면 내 마음을 최한 씨에게 털어놓을 수 있었을 텐데……."

하고 덧붙였다.

그날부터 오늘까지 나는 몇 번이고 사가노를 찾았다. 그때마다 사에키 시즈코는 왜 한국에 가지 않느냐고 나를 나무랐다. 홍이와 함께 걸었던 대나무숲 길을 걸으며『한국의 친구,

일본의 친구』라는 작품을 구상했다. 두 사람 이야기를 씀으로써 어쩌면 내 마음을 홍이에게 전할 수 있지 않을까 하는 생각이 든 것이다.

28

몸이 얼었다. 한 곳에 가만히 서 있기가 힘들어 제자리걸음을 해가며 추위를 견뎌 보려 하지만, 곱은 손가락은 점점 감각을 잃어 간다.

살을 에는 듯한 바람이 불 때마다 목을 움츠리고 바람이 지나가 주기를 기다린다. 벌써 한 시간이 지났다. 언덕 위에 차가 서 있는지 확인하고 다시 손목시계로 시선을 떨군다. 짧은바늘이 정오를 가리키고 있다. 역시 어리석은 도박이었을까. 호숫가를 둘러싸고 있는 산책로 저편을 바라보다 갑자기 기억이 뒤흔들렸다.

무슨 일이 일어났는지 알 수가 없다. 알 수는 없지만, 뇌보다 반사 신경이 먼저 무슨 일이 일어나고 있음을 알아차렸다.

숨이 멎고 시선은 얼어붙었으며 소리도 사라졌다. 기억 속에 살아 있던 한 점이 차차 사람의 형태로 부풀어 오르더니 이윽고 달리기를 하는 홍이의 모습으로 이어졌다.

나도 모르게 갈대밭에서 산책로로 뛰쳐나간다. 수백 미터 저쪽에서 이쪽을 향해 달려오는 그림자는 홍이, 분명 그녀였다. 달리는 모습이 예전 그대로다. 팔다리를 크게 뻗어 땅을 힘껏 차는 홍이가 나를 향해 달려온다. 시선을 홍이에게 고정시킨 채 발을 떼지 못한다. 호숫가의 모든 빛이 홍이에게 모아진다. 홍이의 거친 호흡과 심장 고동이 차례차례 뇌리에서 되살아나고 그녀가 차올리는 지면의 소리까지 생각났다.

그날 홍이는 붉어진 얼굴로 미안하다고 한마디 하면 되잖아, 하고 항의했다. 그날 홍이는 달릴 때는 아무 생각 안 해도 되니까 좋아, 하고 중얼거렸다.

그날 홍이는 나를 올려다보며 일본 사람이 아니면 안 되나요? 하고 서툰 일본어로 물었다.

그날 내가 받쳐 든 우산 속에서 홍이는 변하지 않는 사랑이 있다는 걸 믿느냐고 물었다.

그날, 그날, 그날…….

모든 것이 한순간의 일이었다. 그 순간의 연속 속에 모든 것이 있다. 그렇지만 모든 것이 있다고 깨닫기도 전에 한순간은 사라지고 말았다.

순간은 영원이다. 영원이 순간이듯이.

백여 미터 앞에서 홍이가 나를 발견했다. 미간을 좁힌 채 내 눈에 시선을 고정시켰다. 하지만 속도를 늦추지는 않았다. 그 순간 나는 무수한 역사의 단편들을 보았다. 눈앞에서 방대한 역사의 퇴적들이, 그리고 역사의 순간들이 다가오고 있다. 순간의 연속들이 도미노처럼 나를 향해 밀려온다. 나는 다리에 힘을 주고 그것들을 받아들이려고 했다. 나와 홍이가 떨어져 지내 온 이 칠 년의 시간. 한국과 일본의 수십 세기에 걸친 역사의 일부, 전쟁과 평화, 우호와 차별, 그 모든 것이 나를 향해 넘어지듯 달려온다.

시간이 정지된 우주 공간의 무중력 상태에서 우리 둘은 마주하고 있다. 위도 아래도 빛도 소리도 없으며, 거리도 높이도 없는 시공간의 한가운데에 있는 것이다. 다가오려 하는지, 멀어지려 하는지조차 알 수가 없다.

우리는 우주 공간에 떠 있는 별의 파편이다. 원래는 하나였던 별의 파편. 중력에 끌려가며 다음 순간, 빅뱅의 예감을 애타게 기다리고 있는 파편. 홍이는 나를, 나는 홍이를 뚫어지게 바라보고 있다.

그날…….

그리고 다음 순간, 눈 깜짝할 사이에 홍이가 내 곁을 스쳐 지나갔다. 그와 함께 영원은 무참하게 지워지고 나는 다시 순간으로 돌아왔다.

홍이는 멈추지 않았다. 그녀는 나와 다른 궤도에서 살고 있었다. 두 사람은 더 이상 같은 궤도를 돌 수가 없는 것이다. 그 사실을 깨달은 순간, 나는 이미 뒤를 돌아볼 수가 없었다.

수백 년을 한순간에 살아 낸 사람처럼 에너지를 소진한 나는 내내 그 자리에 못 박혀 있다. 갈대가 조용히 흔들리고 있는 산책로를 멍하니 바라보며.

멀어져 가는 그녀의 발소리만이 내 귓가에 닿았지만 그것마저 조금씩 멀어져 갔다.

단숨에 역사를 거슬러 올라갔다 다시 현실로 돌아온 것이다.

정신을 차리고 천천히 걷기 시작한다. 발끝만 보며 넋이 빠진 모습으로 비탈을 올라 택시에 탔다. 운전기사가 뭐라고 말을 했지만, 한동안 모국어인 일본어조차 알아듣지 못했다.

"호텔로 가 주세요."

간신히 한마디를 건넨다. 엔진 소리가 울리자 진동이 느껴진다. 나와 훙이의 시선은 마치 펜싱 칼끝처럼 서로를 겨누고 있었다. 하지만 양쪽 칼끝이 부딪는 순간, 그 충격으로 칼이 꺾여 원래 상태로 돌아올 수 없게 되어 버렸다. 훙이가 내 곁을 지나친 순간, 나는 모든 것이 완전히 끝났음을 깨달았다. 칠 년이라는 세월이 지난 후에야 나는 겨우 사랑의 종말을 느낄 수 있었다.

"만나셨군요."

운전기사가 말했다. 나는 한동안 그 말의 의미가 머릿속에서 그려지지 않아 곤혹스러웠다. 그리고 잠시 후 천천히 고개를 들고 대답했다.

"네. 만난 것 같습니다."

내 머릿속에는 훙이가 달려가고 난 후의 산책로가 보였다. 갈대가 바람에 힘없이 흔들리는 낡은 유화 같은 풍경이.

29

"어디 갔었어?"

나를 보자마자 달려온 칸나가 흥분한 기색을 감추지 못한다.

"계속 여기 있었니?"

내가 묻자 칸나는 작게 고개를 끄덕이며 아침부터 저기에서 쭉 기다리고 있었어, 하고 로비 한쪽의 소파를 가리키며 말했다.

"응? 어디 갔었어? 일본인 모임에서도 걱정하고 있어. 그 사람들하고 약속한 거 잊어버렸어? 혹시 그 사람 만난 거야?"

칸나가 눈을 크게 뜨고 내 눈에 새겨져 있을 잔상을 들여다 보려고 한다. 순간 홍이가 달려가던 모습이 되살아난다. 두 사람의 시선이 얽히다 비껴가던 순간에 일던 바람이 다시 분다.

"그래, 만났어."

만났다는 말의 희미한 여운을 반추하며 나는 하지만 순간이었다, 하고 변명처럼 덧붙였다.

뜻밖에도 칸나는 아무것도 묻지 않았다. 시선을 피하며 못 들었다는 듯 배고프다, 뭐라도 먹으러 나가, 하고 말했다.

호텔 직원에게 근처의 맛있다는 식당을 소개받았다. 뜨거운 쇠고기 국물에 몸이 녹는다. 먹는 동안 거의 말을 나누지 않았다. 주문을 하고 음식을 먹고 계산을 하고 음식점을 나왔다.

좀 걷고 싶다는 내 말에 칸나는 그래, 하고 작은 소리로 응했다. 둘이 바싹 붙지도 저만치 떨어지지도 않은 일정한 거리를 유지하며 호텔 주변을 걷는다.

골목에는 포장마차들이 늘어서 있었고, 젊은이들이 어깨를 나란히 하고 어묵이나 떡볶이를 먹고 있다. 미국식 바나 일본식 가라오케, 한국의 민속 주점 네온이 골목 좌우로 사이좋게 불을 밝히고 있다. 일본에서와 같은 편의점이 있어 들여다보니 내부도 똑같다. 점원도 손님도 분위기도. 그러나 뭔가가 다르다.

조금 더 걸으니 휘황한 불빛의 동대문이 나왔다. 신주쿠의 가부키초와 같은 불야성이지만, 보다 현대적이면서도 보다 아시아적인 냄새와 에너지가 넘친다. 빌딩 한쪽은 라스베이거스를 연상시키는 전구 장식이 눈부시다. 사람들의 흐름에 끼어 빌딩 사이를 걷는다. 관광객과 젊은이들로 넘치는 거리는 밤 열한 시가 넘었다는 사실을 믿지 못하게 한다. 일본인 관광객도 적지 않게 섞여 있을 터였지만, 얼굴만으로는 국적을 알 수가 없다. 여기는 서울이라기보다는 아시아를 상징하는 궁전 같은 거리다.

"가자."

칸나가 멍하니 서 있는 내 손을 잡아끌었다. 겨우 건물 밖으로 나왔지만, 호텔로 가는 길을 잃고 말았다. 학생처럼 보이는 젊은이들에게 영어로 길을 물었는데, 중국인 유학생이라는 그들 역시 길을 잃었다고 했다. 교차로로 나와 주위를 둘러본다. 롯폰기나 신주쿠에 있는 교차로와 전혀 다르지 않았다. 주변의 간판이 일본어가 아니고 모두 한글이란 것뿐. 하지만 그 차이는 열쇠가 열쇠 구멍에 들어가지 않는 것같이 당혹스럽게 느껴진다.

알파벳이나 한자로 쓰여 있는 경우는 다소 그 뜻을 유추해
낼 수 있어 이해가 되기도 했다. 그러나 한글은 어떻게 읽어야
하는지, 어떻게 발음해야 하는지, 도무지 짐작이 가지 않는다.
일본인에게 한글은 중국의 한자보다 멀게 느껴진다.

"어땠어? 어떤 한순간이었어?"

고바야시 칸나가 조심스럽게 단어를 고르듯, 혹은 확인이
라도 하듯 묻는다. 나는 도망이라도 치는 것처럼 큰길로 나가
택시를 잡으려고 하나, 빈 차를 잡을 수가 없어 할 수 없이 다
시 걸었다. 뒤쫓아온 칸나는 숨을 헐떡이면서 내 얼굴에서 눈
을 떼지 않는다. 나는 간판에 적힌 한글을 노려본다.

"반가웠어?"

칸나가 같은 질문을 한다.

"반갑다고 느낄 만한 시간은 없었어. 정말 한순간이었는걸."

"한순간?"

"그래."

내뱉듯이 대답하자, 갑자기 칸나가 내 팔을 잡아당겼다. 그
순간 일어난 바람에 내 머릿속의 홍이가 의식과 현실 사이를
달려 나갔다. 눈 깜짝할 그 틈을 타고.

그 순간 나는 분명 엄청난 양의 뭔가를 받아 안았다. 그것은

역사 그 자체라고도 할 수 있다. 나와 홍이가 일본인과 한국인으로, 혹은 인간으로 태어나면서부터 가지고 나온 유전자와 같은 역사. 그 무한의 신호를 나는 그때 홍이에게 전해 받은 것이다. 그 방대한 정보 탓에 내 사고는 정지되고 말았다. 처음에 느꼈던 것은 사랑의 종말이었다. 두 사람이 다시는 돌아올 수 없는 곳에 있다는 사실을 알게 된 것이다. 달려오는 홍이와 나누었던 시선이 그 속도로 인해 끊어졌을 때, 나는 현실의 잔혹함을 절감했다. 그러나 다음 순간, 바람이 일어 내 육체는 홍이의 잔상에 기대어 그녀가 남기고 간 것들을 주워 모았다. 그 추억 속에는 희미하지만 희망이 있고, 조금이지만 내일이 그리고 미래가 있다. 모래사장에 웅크리고 앉아 모래를 긁어모으듯 나는 홍이가 남기고 간 방대한 정보를 끌어안게 된 것이다.

한글을 배우고 싶다는 생각이 들었다. 홍이가 일본어를 배운 것처럼 나도 한국어를 배워야 했다. 가까워질 수 없는 문화를 가까이 느끼기 위해 언어가 필요하다.

정신을 차리고 보니 멀리 서울 타워 불빛이 보였고 우리는 넓은 신라호텔 앞에 서 있었다.

도대체 나는 여기서 뭘 하고 있는 걸까. 전후 육십 년 동안 우리는 무엇을 해왔단 말인가.

30

광화문과 강남, 서울 시내 두 곳에서 사인회가 열리는 날이다. 호텔 스포츠센터에서 오전에 두 시간 정도 충분히 땀을 흘린 후 샤워를 하고 로비를 내려갔다. 이연희 과장 옆에 고바야시 칸나가 만반의 준비를 갖춘 얼굴을 하고 서 있다. 아무래도 같이 갈 모양이다.

"사람들이 없으면 내가 줄 서줄 테니까 걱정하지 마."

우리 걱정과는 달리 사인회장인 서점에는 많은 사람이 몰려 줄은 건물 밖까지 이어져 있었다.

"이 사람들 전부 사쿠라 아니야?"

칸나가 놀리듯 말했다. 이연희 과장이 미간을 좁히며 말한다.

"사쿠라라니 무슨 뜻이에요?"

칸나가 영어로 사전에 미리 짠 거 아니냐고요, 하고 말했다. 설마, 하고 이연희 과장은 얼굴을 붉히며 항의한다.

"이만큼 사사키 씨 작품이 한국에서 평가받고 있다는 거예요."

이연희 과장이 단호하게 말하자, 고바야시 칸나는 그래요, 하고 고개를 끄덕이며,

"이 작품은 내가 찾아낸 거예요."

하며 턱을 쳐들고 자랑했다. 이연희 과장은 어깨를 들썩이며, 하지만 당신이 쓴 건 아니죠, 하고 입술을 내민다. 두 사람은 마음이 맞는 모양이다. 내민 입술이 점점 옆으로 벌어지더니 두 사람이 함께 웃음을 터뜨린다.

나는 독자 한 사람 한 사람의 얼굴을 진지하게 마주 보며 떠듬거리는 한국어로 감사합니다, 하고 인사했다. 독자의 웃는 얼굴이 내게는 마음의 휴식이 되었다.

사인을 하면서도 가끔 한숨 돌리는 척하며 나는 고개를 들어 어디에선가 홍이가 이쪽을 보고 있지 않을까 주변을 살폈다. 모든 것이 끝났다는 걸 알면서도 아직 어디엔가 일말의 희

망을 걸고 있는 나 자신이 처량했다.

"정말 대단해. 아직도 줄이 한참 남았어."

늘어선 줄의 끝을 확인하고 온 칸나가 흥분하며 말했다.

"사사에 씨, 감사합니다."

한 독자가 일본어로 인사를 했다. 얼굴을 보니 대학생 같았다.

"일본어를 잘하시는군요."

내 말에 공부를 하고 있어요, 하고 그녀는 경쾌하게 대답한다.

"이 소설의 어디가 좋았습니까?"

"일본 사람을 조금은 이해하게 되었어요."

뜻밖의 대답에 나는 그만 쓴웃음을 짓는다. 여학생은 내 얼굴을 가만히 응시하더니

"일본인 친구를 사귀고 싶어졌어요."

하고 덧붙였다. 내가 사인을 마치자 그녀는 책을 빼앗기라도 하는 것처럼 받아 들고는 부끄러운 듯 인파 속으로 사라졌다.

"그렇구나. 그게 인기를 끄는 이유구나."

옆에 있던 고바야시 칸나가 고개를 끄덕이며 말한다.

이연희 과장이 영어로 소설이니까 할 수 있는 것들이 있지요, 하고 의견을 말한다.

"사사에 씨 작품이 일본뿐 아니라 한국 독자에게도 반응이

좋은 건, 두 나라의 역사를 정확히 그린 데다 많은 갈등과 고뇌를 안고서도 굳건히 사랑을 키워 가는 요즘 젊은이들의 모습을 직시하고 있기 때문이라 생각해요. 주인공 교이치와 인수는 오늘날의 한국과 일본 젊은이들의 모습을 그대로 그려 냈죠. 문화나 풍습의 차이를 극복하고 사랑을 키워 가는 주인공들의 모습에 독자들은 공감하는 거예요. 정치적으로 삐걱거리는 두 나라 관계에 이 소설은 작은 다리를 놓은 셈이죠."

나는 고개를 떨구고 작게 고개를 흔들었다.

"아니. 나는 그렇게 거창한 일을 하려고 쓴 게 아니에요."

내 목소리는 너무 작아 두 사람에게는 닿지 않았다.

단지 내 마음을 홍이에게 전하고 싶었던 것뿐이다. 일본과 한국, 양국의 우호 관계를 위해 쓴 것이 아니다. 오로지 한 사람을 향한 후회와 지울 수 없는 추억 때문에 쓴 것이다……

독자 마음에는 제대로 닿았는데 어째서 최홍에게는 닿지 못한 걸까. 혹시 홍이는 이 책을 읽지 않은 것이 아닐까. 과거를 되돌아보지 않기 위해 이런 작품과는 거리를 두고 있을지도 모른다.

홍이에게 전하지 못했던 마음과 그로 인한 후회가 내게 소설을 쓰게 만들었다. 작품 속에 내 마음을 모두 써 내려갔다.

홍이가 이 작품을 읽는다면, 당시의 괴로웠던 내 마음을 헤아려 주지 않을까 하는 희미한 기대를 담아.

광화문에서의 사인회가 끝나자 우리는 강남에 있는 서점으로 이동했다. 한강 남쪽에 위치한, 서울의 새로운 에너지가 넘치는 활기찬 곳이었다. 서점이 시외버스 터미널과 연결되어 있고 더구나 사인회장이 서점 바깥 지하 광장에 마련되어 있어 구경꾼을 포함해 한층 더 많은 사람이 모여 있었다.

한 시간 반 정도가 지나자 사인회는 막바지로 접어들었고 사람들의 흐름도 어느 정도 완만해졌다. 옆에 서 있던 칸나는 잠깐 화장실에 다녀오겠다며 자리를 떴고, 이연희 과장은 서점 직원과 이야기를 나누고 있다. 그때 한 남자가 내 앞에 나타났다. 정장 차림이 잘 어울리는 직장인 타입의 청년으로 입가에는 부드러운 미소를 띠고 있다.

"처음 뵙겠습니다. 사인 부탁합니다."

어렸을 때 영국에서 살다 온 칸나보다 유창한 영어다. 남자는 나를 똑바로 바라보고는 미소를 띠며 말했다.

"홍이는 제 아내가 될 사람입니다."

31

나는 놀라 눈을 깜박였다. 시간이 멈추고 주변의 소음들이 순식간에 사라졌으며, 나는 남자의 눈에 빨려 들어갈 것만 같다. 시원스럽게 생긴 눈이다. 적의나 미움 같은 건 느낄 수 없는 눈. 이성으로 그것들을 제어할 수 있는 곧은 정신의 소유자임이 느껴진다. 그의 입가에는 미소가 떠나질 않는다. 남자의 말이 귓가를 맴돈다.

    "홍이는 제 아내가 될 사람입니다."

    나는 다시 눈만 깜박인다. 그리고 정신을 가다듬는다.

사라졌던 소리가 돌아오고 세상은 다시 색채를 띠었다. 주변의 소음이 고막을 눌러 나는 서둘러 숨을 들이마신다. 조금 떨어진 곳에서 이연희 과장이 서점 직원과 열심히 이야기를 하고 있고, 칸나는 아직 돌아오지 않았다.

"제 이름은 김민준입니다. 확신도 없이 여기까지 왔죠. 그렇지만 홍이가 잊지 못하는 사람이 당신, 사사에 히카리 씨가 아닌가 하는 생각을 했습니다. 홍이에 대한 거라면 뭐든지 알아 두고 싶어서요."

매끄럽고 부드러운 영어였다. 뭘 하는 사람일까 상상해 보지만 나로서는 알 수 없다. 다른 세상에서 온, 혹은 인간 세상의 모순을 지켜보기 위해 하늘에서 보낸 천사 같기도 하다. 넥타이는 있어야 할 자리에 인쇄된 것처럼 말끔하게 매어져 있고, 옷차림이나 서 있는 태도에서는 자신이 계획한 인생을 한 치의 오차도 없이 살아온 사람이라는 인상이 전해진다. 땀이나 더러움과는 먼 사람. 그렇지만 성실한 노력과 강한 자존심으로 이루어 낸 엘리트임에는 틀림없다.

나는 무슨 말을 해야 할까. 이 사람이 홍이의 연인이라면, 지금의 행복을 지키려는 그에게 나는 무슨 말을 할 수 있을까. 일부러 사인회장에 찾아와 자신이 홍이의 연인이라고 말하는 마음이 어떤 것인지 나는 이해한다. 그 미소 뒤에 감추고 있을 흔들리는 마음의 벽을 상상하니 괴로워진다.

나는 마음을 안정시키기 위해 그가 구입한 책『한국의 친구, 일본의 친구』에 사인을 하고 남자에게 살며시 내밀었다.

남자가 책을 받아 든다. 내가 할 말을 찾고 있자 남자는 한 번 더 입가에 미소를 띠고 갑자기 찾아와 놀라게 했군요, 하고 말했다.

"아뇨, 당신과 만날 수 있어 내 마음도 확실해질 거라 생각합니다."

변변치 않은 영어로 내가 말했다. 남자의 입가에서 미소가 사라지고, 그 시선의 끝에 얼마간의 힘이 깃든 것을 나는 놓치지 않았다.

남자는 잠시 주저한 후 입을 열었다.

"실은 오늘 밤……."

나는 긴장한다. 남자가 다음 말을 찾는 동안 눈을 깜박이며 기다린다. 그 자리에서 꼼짝할 수 없는 나는 조바심이 난다. 지하 광장 한가운데 놓인 의자에 내 몸은 묶여 있는 것이다.

"오늘 밤 저는 홍이에게 청혼할 겁니다."

느닷없이 엄청난 바람이 몰아닥친다. 홍이가 내 곁을 달려

간다. 몇 명이나 되는 홍이가 바로 내 옆을 달려간다. 나는 온 힘을 다해 되돌아보려 하지만 몸은 꼼짝도 하지 않는다. 이제 는 돌아갈 수가 없다. 나는 강남의 지하 광장 의자에 묶인 채 지나가는 무수한 홍이를 그냥 떠나보낼 수밖에 없었다.

"오늘 밤 저는 홍이에게 청혼할 겁니다."

나는 눈을 깜박이는 것도 잊고 김민준이라고 자신을 밝힌 남자를 쳐다보고 있다. 불과 몇 초밖에 되지 않은 시간을 마치 몇천 년처럼 느끼며.

"준고."

홍이의 목소리다.

"준고."

홍이의 미소를 떠올린다. 떠오르는 건 아름다운 계절과 아 름다운 시간뿐이다.

"준고."

칸나가 옆자리로 돌아와 다음 사람의 책을 펼쳐 내 앞에 내 밀었다.

"그럼 이만 실례하겠습니다."

남자는 말이 끝나자 발길을 돌렸다. 나는 아무 말도 못 하고 그의 뒷모습을 눈으로 쫓는다.

"누구? 아는 사람?"

칸나가 그를 돌아본다. 나는 아니, 하고 고개를 젓는다. 이연희 과장이 자리로 돌아오며 이제 열 명 정도예요, 하고 말했다. 남자가 떠난 후에는 마음을 담을 수가 없어 사인은 기계적인 작업이 되었다. 오늘 밤 저 남자는 청혼을 한다. 저 남자가 홍이에게……

그들이 쌓아 온 긴 시간에 종지부를 찍는 날이다. 그는 일부러 내게 그 사실을 알리러 왔다. 나는 어떻게 하면 좋을까.

사인회가 끝나고 우리는 서점 직원들의 배웅을 받으며 계단을 올라가 엘리베이터를 타고 투명한 빛이 쏟아지는 지상으로 나왔다. 보이는 건 빛뿐이다. 여기가 어디든 나는 더 이상 상관이 없었다. 쏟아지는 빛을 더듬어 하늘을 올려다본다. 빛으로 된 벨벳 커튼을 바라보는 것같이 눈이 부시다. 빛의 줄기가 나를 향해 한없이 쏟아진다. 나는 의식을 잃을 뻔했다.

"사사에 씨, 일단 호텔로 가시죠. 자 타세요."

이연희 과장의 목소리다.

이러한 타이밍이 누구에 의해 마련된 것인지 생각해 볼 필요가 있다. 하늘의 의지일지도 모른다. 현실을 받아들이라고 하늘은 내게 이런 시련을 준비한 것일까. 이 찬 공기로 나는 영혼을 씻어야 한다. 그 사람의 행복을 비는 것이 내가 할 수 있는 마지막 일이 아닐까. 그런 생각을 하자, 바로 몇 미터 떨어진 곳에서 갑자기 빛이 깜박였다. 나는 그 빛이 전하려는 뜻을 느끼지 않을 수 없었다.

32

세상이 하루하루, 아니 시시각각 변하고 있다. 그렇다면 어떤 안정된 것들도 모래산 위에 꽂은 깃발처럼 언제 쓰러질지 모르는 불안정한 것이 아닐까.

나와 홍이도 예외는 아니었다.

그날 둘의 행복에는 작은 틈이 생기기 시작했다. 하지만 그것이 그때 생긴 것인지, 그전부터 생기기 시작한 것인지 두 사람은 알 수가 없었다.

사소한 한마디, 별 뜻 없이 한 말이 그 틈에 커다란 균열을 만들어 버리는 일이 있다. 그러나 그 순간에는 아무도 그것이 심각한 줄을 모른다. 병을 앓는 것과 비슷하다고 해야 할까. 통증을 느낄 때는 이미 병이 몸속 깊이 퍼져 있는 상태인 것이다.

그날도 우리는 베토벤의 「비창」을 듣고 있었다. 소리 없이 다가오는 이별의 발자국 소리는 그 부드러운 멜로디에 가려 들리지 않았다.

젊은 남녀의 이별을 상상하기란 어려운 일이 아니다. 처음 하는 동거였고, 부모의 반대로 인한 도피행이었으며, 무엇보다 홍이에게 일본은 낯선 외국이었다. 젊다고는 하나 넘어야 할 벽이 많았다. 그리고 때로는 젊음이 화가 될 수도 있다. 일단 아니라고 생각되면 고집스러우리만큼 다시 생각해 보는 유연함을 잃기가 쉽다. 젊기 때문이다.

나도 젊었다. 어떻게든 되리라는 낙천적인 생각만으로 미래를 바라보았다. 홍이 안에 쌓여 가는 불만을 좀 더 빨리 깨닫지 못한 것이 무엇보다 나의 큰 잘못이었다. 본의 아니게 그녀를 혼자 내버려 두고 있음을 나는 깨닫지 못했다. 줄줄이 이어져 있는 아르바이트에 쫓겨 시간이 없었던 것도 하나의 원인이다. 그렇지만 실은 다정함이 부족했던 것이다. 외국에서 살고 있는 홍이의 입장이 되어 좀 더 마음을 써야 했다.

대학 친구들에게 홍이를 소개한 적이 있었다. 모두들 의기투합하여 몇 곳이고 술집을 옮겨 다니며 마셨다. 마지막에는 취하지 않은 사람이 없었다. 홍이의 서툰 일본어를 누군가가 흉내 냈다. 다른 누군가가 하지 말라며 흉내를 낸 녀석의 머리를 때렸다. 모두 사랑스러운 눈빛으로 홍이에게 미소를 보냈다. 집으로 돌아오는 길에 홍이가 친구들이 생각이 모자란다며 불평했다.

"아니, 그것보다 나는 다른 친구들하고 같이 그냥 웃어넘기는 준고가 용서가 안 돼."

시선을 피하는 홍이의 턱을 올려 마주 보게 했다. 강아지들이 서로를 물며 장난치듯이 젊은 치기로 한 순진한 장난이었지만, 그녀에게는 참기 힘든 차별처럼 비쳤던 것이다.

"그렇다면 네 친구들도 한국말로 떠들라고 해. 나한테는 여기가 외국이니까 일부러 너희 말로 이야기하는 거잖아. 무례한 것도 정도가 있는 거라고."

"홍, 저 친구들은 그럴 생각으로 한 게 아니야. 모두 너를 좋아한다고. 그건 숨김없이 이야기를 했다는 증거야. 너도 재미있어했잖니? 차별이라니 너무 듣기 거북한 말이다. 다들 널 베니, 베니하고 여동생처럼 불렀잖아."

나는 열심히 달래 보았지만, 결국 홍이는 내게 등을 돌리고 잤다. 그리고 그날 이후 홍이는 내게 등을 돌리고 자는 일이 많아졌다.

유복한 가정에서 자란 홍이는 금전적인 면에 그다지 신경 쓰지 않았다. 마치 어느 나라의 공주처럼 너무도 세상 물정을 몰랐다. 돈이 없다고 말하지 못한 내 잘못인지도 모른다. 때문에 그만큼 아르바이트가 늘어났다. 녹초가 되어 집에 돌아오면 홍이는 카페 안나에 가자고 졸라 날 곤혹스럽게 했다.

"거기 티 아이스 글라세가 마시고 싶어. 그리고 몽블랑 케이크도 먹고 싶고."

종일 내가 돌아오기를 기다렸던 것이다. 어디든 데려가 주고 싶은 마음은 굴뚝같았다. 그러나 카페 안나는 역 앞에 있는 싸구려 커피숍과는 달랐다. 학생들이 드나들기에는 사치스러운 곳이었고, 홍차나 커피라면 몰라도 홍이가 주문하는 건 하나같이 프랑스식 스페셜 음료나 과자여서 가난한 학생의 주머니 사정으로는 만만치가 않았다. 홍이에게 송금이 있었을 때면 몰라도 내가 아르바이트로 버는 수입이 전부인 그때는 사정이 달랐다.

"캔 커피 사 가지고 공원 벤치에서 마시자."

그런 날은 늘 크게 싸움이 났다. 발단은 언제나 사소한 것이었지만, 잘못 채운 단추처럼 좀처럼 되돌릴 수가 없었다.

"준고가 분명히 그랬어."

"아니, 내가 그랬을 리 없어."

"아니, 그랬어."

했다 안 했다는 싸움이 끝나기 위해서는 어느 한쪽이 관대하게 양보하는 여유와 배려가 필요했다.

"준고, 어째서 한마디로 사과를 못 하는 거야."

"내가 사과할 이유가 없으니까. 나는 그저 열심히 일하고, 열심히 생활하고 있을 뿐이라고. 어째서 내가 사과해야 하는지 모르겠다."

"날 혼자 내버려 뒀잖아." 홍이는 늘 그렇게 말했다. 나를 혼자 내버려 두지 마, 하고 화해를 할 때면 반드시 그런 약속을 하게 했다. 어리광 섞인 목소리로 혼자 두지 마, 하고 부탁한 적도 있다. 홍이를 혼자 내버려 둘 생각은 없었다. 홍이가 스스로 내 아파트에 온 다음에는 항상 같은 침대에서 품에 안고 잠이 들었으며 함께 아침을 맞이했으니까.

홍이가 왜 그렇게 느끼는지 나로서는 알 수가 없었다. 홍이가 말하는 혼자라는 말의 의미를 알게 된 것은 그녀가 떠난 뒤였다.

우리는 행복의 절정에서부터 이렇게 조금씩 어긋나기 시작
했던 것이다.

33

심각하다는 건 이처럼 쌓여 가는 사소한 일들 위에 몇몇 오해와 아무 생각 없이 한 이야기들이 왜곡되어 만들어지는 것이다.

그 무렵 나는 한 달에 두 번 정도 오기쿠보에 있는 집에 들러 병약한 아버지와 함께 식사를 하며 시간을 보내고 있었다. 그리고 거기에는 매번 홍이가 따라왔다.

그날 홍이는 아버지를 위해 오징어볶음이라는 한국 음식을 만들었다. 무척 매웠다. 고혈압인 아버지는 평소 매운 음식을 멀리했지만, 홍이가 만든 음식이라 맛있다며 계속 젓가락을 가져갔다.

홍이는 아내가 되기 위한 노력을 열심히 하고 있었던 것 같다. 서툰 요리 솜씨지만 스스로 만들려고 했다. 감기에 걸려 누워 있을 때, 홍이는 내게 영양 섭취를 시킨다며 온갖 재료를 넣은 야키소바를 만들어 주었다. 고기와 야채뿐 아니라 치즈에 떡까지. 홍이가 접시에 담아 온 야키소바는 젓가락으로는 국수 가닥을 들 수가 없을 정도로 엉겨 붙어 결국 포크와 나이프로 먹었다.

온실 속 화초처럼 자란 홍이는 내 아내가 되기 위해 열심히 노력했지만 하면 할수록 그만큼 문제가 생겼다. 마음대로 되지 않은 것들이 가슴에 쌓여 홍이 자존심에 상처가 될 때도 있었고, 가끔은 미래에 대한 커다란 부담을 주기도 했던 것 같다.

"언젠가 준고의 아내가 되는 게 꿈이에요."

어느 날 홍이는 아무 예고 없이 아버지에게 고백했다. 아버지는 고개를 끄덕이며 이런 바보 아들에게는 너무 아까운걸, 하고 말했다. 아버지의 응원을 얻은 홍이는 뭔가 희망을 손에 넣은 것 같았지만, 홍이 어머니의 반대를 이길 만한 강력한 원군이라고는 할 수 없었다.

"준고 어머니도 만나고 싶어."

홍이는 길거리에 붙은 콘서트 포스터나 잡지 광고를 보며 말했다. 내가 어머니 콘서트에 가자고 했을 때 홍이는 무척 기뻐했다. 하지만 그것도 결국엔 그녀를 실망시키고 말았다.

나와 어머니 사이는 함께한 시간이 얼마 되지 않는 데다 흔히 말하는 모자 관계라는 유대감도 희박했다.

어머니에게 티켓을 부탁하지 못한 나는 우리 두 사람을 위해 티켓을 구입했다. 이층 가장자리에 자리를 잡자 홍이는 무대가 너무 멀다고 푸념을 했다. 나는 이게 나하고 어머니와의 거리니 어쩔 수 없지, 하고 대답할 수밖에 없었다.

연주 중에도 나는 줄곧 음악회가 끝나면 분장실로 가야 할지 말아야 할지를 고민하고 있었다. 분장실에 갈 거지, 하고 홍이가 귀엣말을 할 때마다 나는 한숨으로 얼버무렸다. 어머니가 베토벤 「비창」 도입부를 쳤을 때는 나보다 먼저 홍이가 아! 하는 탄식과 함께 내 팔을 잡아당겼다.

"그것 봐. 이렇게 서로 마음이 통하고 있잖아."

홍이가 목소리를 낮추고 말했다. 그리고 겁먹은 아이처럼 쭈뼛거리는 나를 억지로 분장실로 끌고 갔다.

"그분은 준고 어머니시잖아. 분명히 기뻐하실 거야. 일부러 여기까지 왔는데 가야지. 어서 가."

홍이의 격려를 받으며 분장실로 향했지만, 관계자가 아닌 우리가 어떻게 무대 뒤까지 갈 수 있었는지 지금은 기억이 나지 않는다. 아마도 홍이의 의연한 태도 덕분이었을 것이다. 그러나 막상 분장실 앞에서 관계자가 불러 세웠을 때는 더 이상 발을 뗄 수 없었다. 복도 앞에는 어머니가 나오기를 기다리는 사람들로 붐볐다. 그 광경을 본 것만으로도 위축된 나는 그만 도망치고 싶었다.

"이 사람은 아오키 나오미 선생님의 아들이에요."

홍이가 직원에게 말하자, 내가 저 차가운 여자의 아들일 리가 없어, 하고 나는 마음속으로 외쳤다. 하지만 한편으로는 나를 대신해 단호하게 대처하는 홍이가 큰 위로가 되었다. 담당자는 잠깐 기다리라고 한 다음 분장실로 사라졌다. 사람들을 제치고 어머니가 안에서 나왔을 때, 나는 홍이 손을 꼭 잡았다. 그저 홍이를 어머니에게 보이고 싶었을 뿐이다. 이렇게 멋진 연인이 생겼다고 자랑하고 싶었던 것뿐이다. 이제 와서 다른 어머니들이 보이는 그런 표정을 짓는 건 원치 않았다.

어머니가 달려 나와 나를 물끄러미 바라보았다. 그리고 떨리는 손을 내밀었지만 내가 홍이 손을 잡고 놓지 않았기에 그

손은 허공에서 갈 곳을 잃었다.

"온다고 미리 연락해 주면 좋았을걸."

쉽게 대답이 나오지 않았다. 어머니와 만나는 건 사 년 만이었다. 열여덟 살 때 집에 찾아온 어머니를 만난 것이 마지막이었다. 혹시 대학 입학금 때문에 아버지가 어머니에게 돈을 빌린 게 아니었을까 하는 생각을 했었다.

홍이가 내 손을 꼭 쥐었다. 무슨 말 좀 해, 하고 재촉했다. 나는 그저 입을 다물고 있었다. 어머니가 홍이를 보더니 누구……, 하고 물었다. 홍이가 처음 뵙겠습니다, 저는 최홍이라고 합니다, 하고 인사를 했다.

"여자 친구예요. 저한테는 큰 의지가 되죠."

조금은 흥분한 기색으로 내가 말했다. 당신 대신이라고는 덧붙이지 않았다.

어머니가 홍이를 보고 웃었다. 그러고는 아들을 잘 부탁해요, 하고 말했다. 나는 그걸로 충분했다. 홍이의 손을 잡아끌고 그 자리를 뒤로했다.

"윤오. 아직 말도 못 했잖아. 제대로 이야기를 해야지."

곱게 화장한 어머니의 화려한 얼굴이 머릿속에 새겨졌다. 포스터로 보던 얼굴과 똑같았다.

그날 밤 홍이는 어머니가 잘 부탁한다고 한 말을 몇 번이고 되풀이하며 기뻐했다. 그녀에게 그것은 결혼을 허락받은 것과 다름없었다.

34

어느 날 홍이가 아르바이트를 그만두었다. 기치조지역 앞에 있는 빵집에서 일을 했었는데, 그 집 외동딸과 싸움을 했다며 눈이 새빨갛게 되어 돌아왔다.

"무슨 일 있었어?"

내가 묻자, 홍이는 화를 삭이지 못하며 말했다.

"정말 다 싫어. 한국에 가고 싶어."

홍이의 이야기를 들어 보았지만, 내게는 작은 오해들이 쌓여 일어난 일에 불과한 것 같았다. 빵집 딸 마리코는 특별히 편견을 가진 사람이 아니었다. 그리고 홍이는 아르바이트를 시작하고부터 마리코와 꽤 친하게 지내고 있었다. 홍이도 차별을 받았다고는 하지 않았다. 지금 생각해 보면 그녀가 느꼈던 조바심은 어쩌면 홍이 자신의 내면을 향한 것이 아니었나 싶다. 홍이는 그것을 한국과 일본의 문제로 확대시키고 있었다. 당시 내게는 그렇게밖에 여겨지지 않았다.

그래서 나는 말했다.

"홍, 좀 응석이 심한 거 아니야? 일본과 한국의 문화 차이 때문에 싸웠다고 하지만, 난 마리코가 너를 모욕했다고는 생각하지 않아. 찻집에서 케이크만 시키는 일본인도 많다고."

"그렇지 않아. 준고가 항상 절약해야 한다고 해서 난 케이크만 시켰어. 그랬더니 마리코가 음료도 같이 시키는 게 일본에서는 보통이라고 하는 거야. 한국에서는 케이크만 시켜도 다들 친절한데."

나는 홍이의 고독을 단 하나도 이해해 주지 못했다. 그저 그녀가 자기 생각만 주장하고 있다고 느꼈다. 그렇지만 그건 쌓이고 쌓인 그녀의 고독 탓이었고, 말하자면 곁에 있는 내게 원인이 있었다.

"일본도!"

나도 모르게 큰 소리를 치고 말았다. 무슨 말을 하고 싶었던 걸까. 어쩌면 아르바이트로 쫓기는 일상에 나 역시 지쳐 있었는지 모른다. 동거라는 이름의 인생의 시작에도.

"일본도 마찬가지야! 나도 케이크만 시킬 때가 있다고!"

"누가 준고 생각을 물었어? 난 일반적으로 말해서 한국과 일본은 문화가 다르다고 한 것뿐이야."

"그렇지만 네가 문제를 비약시키잖아. 케이크와 음료가……."

우리는 녹초가 될 때까지 그런 바보스런 논쟁을 되풀이하다 결국엔 등을 돌리고 잠자리에 들었다.

홍이는 말하고 싶었던 것이다.

'준고, 부탁이야. 내게 다정하게 대해 줘. 부탁이니 무조건 날 지켜 줘. 준고, 부탁이야. 무슨 일이든 내 편만 들어 줘.'

그런데도 나는 홍이의 고독한 마음을 받아 주기는커녕 내치려 했다. 왜 홍이가 조바심을 내는지 조금이라도 이해하려 했다면, 홍이가 마리코와 싸우는 일은 없었을 것이다. 빵집 마리코 탓이 아니었다. 그건 전부 내 탓이었다.

당시 일본에서는 혐한반일이라는 말이 자주 오르내리고 있었다. 일본은 한국을 싫어하고 한국은 일본에 반감을 갖는다는 허무한 조어다. 언젠가 홍이가 그 말의 뜻을 물어본 적이 있었지만, 나는 설명하기를 주저했다. 나와 홍이 사이에는 그때까지 한 번도 역사가 그림자를 드리운 적이 없었다. 우리는 젊었기에 역사의 불행을 극복할 자신이 있었고, 할 수 있다는 확신이 있었다.

"혐한반일 같은 거 우리 사이에는 없어."

언젠가 홍이가 말했다. 우리는 우리가 역사를 만들어 간다며 술잔을 기울이며 큰소리치기도 했다. 그런 문제가 우리에게 덮쳐 오는 일은 없으리라고 믿었다. 두 사람이 서로 사랑하니까 어떤 것에도 영향을 받지 않으리라고 확신했었다.

그런데 굴러가던 톱니바퀴가 어긋나기 시작하자, 돌연 흐름이 달라지고 무심결에 일본은, 한국은, 이라는 말이 대화 첫머리에 놓이게 되었다. 마치 홍이 뒤에는 태극기가 펄럭이고, 내 뒤에는 일장기가 펄럭이는 것 같았다.

나라를 짊어진 사랑이 가능할 리 없다. 가끔 대화 중에 자기 나라를 옹호하는 듯한 말이 튀어나올 때면, 그때마다 두 사람은 배신이라도 당하는 것처럼 갑자기 마음에 방어 태세를 취했다.

그리고 1998년 장마가 시작되던 유월 어느 날로 이어진 것이다. 기억은 그칠 줄 모르고 내리는 빗속을 조용히 거슬러 올라간다.

그날, 우리 둘은 뜻하지 않은 이별을 맞이했다. 그건 느닷없이 들이닥친 것이 아니라 쌓이고 쌓인 고독과 오해의 결과에 지나지 않았다. 결국 우리의 마지막 날은 기정사실로 두 사람 앞에 다가온 것이다. 우리가 더 이상 손쓸 수 없는 곳에 와 있다는 것을 나는 그때도 깨닫지 못하고 있었다. 두 사람의 벌어진 틈을 다시 좁힐 수 있다고 믿었다. 어렸기에 무모할 정도로 의심조차 하지 않았다. 그렇기 때문에 그 터무니없는 일이 일어났을 때마저 곧 원래 상태로 회복될 거라고 믿어 의심치 않았던 것이다.

그날 아르바이트를 하던 출판사에서 몇몇 문제가 겹쳐 예정했던 시간에 돌아갈 수가 없었다. 부득이한 사정에 의한 예상 밖의 일이었다.

내 상사가 담당하던 작가가 갑자기 세상을 떠난 바람에 편집부가 발칵 뒤집혔다. 게다가 공교롭게 마감 날짜와 겹쳐 누군가가 편집부에 남아 있어야 했다. 나는 아르바이트생이긴 했지만 오랫동안 함께 일해 왔기 때문에 꽤 신뢰를 받고 있었다. 그래서 나는 자청해서 그 큰일을 맡았다.

하지만 그날 밤은 오래전부터 홍이와 외식을 하기로 약속
한 날이기도 했다.

35

집에 전화할 틈도 없을 정도로 끊임없이 걸려 오는 매스컴 관계자들의 전화를 받았다. 나는 작가와 몇 차례 만난 적이 있었다. 편집장을 따라 추석 선물을 전하러 그의 작업실을 찾아갔었던 것이다. 그날 작가는 기분이 좋았고 나까지 집에 들여 술잔을 돌렸다. 과학적인 이론을 바탕으로 이야기를 써 내려가는 독특한 기법을 지닌 작가였다. 내가 그의 작품 중 즐겨 읽던 책을 이야기하자, 그는 어린아이처럼 기뻐했다.

"소설을 쓰고 있나? 그렇다면 내 라이벌이구면."

작가는 그렇게 말하며 내 잔에 술을 따라 주었다. 오십 중반의 아직 젊은 나이였다.

겨우 전화 통화가 일단락되었을 때는 전철 막차에 아슬아슬한 시간이어서 홍이에게 전화도 못 하고 편집부를 뛰쳐나왔다.

집 안에 불이 꺼져 있어 홍이는 잠이 들었나 생각했다. 현관문을 열고 들어가자 어슴푸레한 어둠 속에서 부엌 식탁 의자에 앉은 홍이가 나를 똑바로 쳐다보고 있었다.

"아직 안 잤어?"

홍이의 떨리는 목소리가 곧바로 날아왔다.

"물론 기다리고 있었으니까."

나는 신발을 벗으며 편집부에 정말 중요한 작가가 죽었다고 설명했다.

"우리 잡지 간판 작가였어. 나도 한 번 댁에서 술을 마신 적이 있는 작가야."

"그래."

홍이의 낮은 목소리가 엷은 어둠을 흔들었다.

"그래도 전화 한 통 정도는 해줄 수 있지 않아?"

"너무 바빠서 어쩔 수가 없었어."

나는 대답하며 냉장고 문을 열어 우유 팩을 꺼내 입을 댔다.

"오늘 함께 외식하기로 약속했었지?"

"신문사랑 관계자들한테 걸려 오는 전화가 끊이질 않았어. 편집부 사람들이 모두 영안실로 가서 사무실을 나 혼자 지키고 있었거든."

쓸데없는 말을 했다 싶었지만 이미 늦었다. 홍이의 신경이 날카로워지고 있는 것을 알 수 있었다.

"미안하다고 한마디 하면 되잖아."

"난 열심히 일하고 돌아왔어. 놀고 온 게 아니라고."

부드럽게 말할 생각이었지만, 목소리는 저절로 날카로워졌다. 평소 억누르고 있던 것들이 폭발할 것 같았다. 둘 다 뭔가 참고 있는 것이 있었다. 눈에 보이지 않는 무언가, 젊음으로는 결코 메울 수 없는 무언가, 사랑만으로는 서로를 지탱할 수 없는 무언가……

"잘못했다고 하면 되잖아. 사과하면 누가 벌이라도 줘? 너희 일본 사람들은 어째서 그런 말 한마디를 못 하는 거야?"

홍이가 테이블을 치며 일어섰다. 나는 우유 팩을 손에 쥔 채 움직일 수가 없었다. 너희 일본 사람이라는 말에 머리를 얻어맞은 것같이 멍해졌다.

"잘못했다, 미안하다, 내가 잘못 생각했다, 널 외롭게 만들었다고 왜 한마디 못 하는 거야?"

나는 분노인지 슬픔인지 곤혹스러움인지 분간할 수 없는 기묘한 감정에 휘둘려 감정을 제어할 수가 없었다.

홍이가 처음으로 나를 일본 사람이라고 구분해 불렀다. 그때까지 둘 사이에 국경 따윈 없었다. 그 순간 우리는 내가 일본인이고 홍이가 한국인이라는 사실을 분명하게 인식하게 되었다.

"부탁이니 그런 식으로 이야기를 바꾸지 마."

작은 소리로 항의했지만, 흥분한 홍이의 귀에는 닿지 않았다.

"우리는 너희 나라에 점령당했었어. 그걸 아직까지 우리가 사과해라, 사과해라 하는 것도 웃기고 너무너무 싫어."

느닷없는 이야기였다. 그렇지만 흥분한 홍이에게는 동질의 의문이었을 것이다. 홍이가 말하는 너희 안에 내가 들어 있다고 생각하니 나는 더욱 위축되고 놀라 할 말을 잃었다.

"엄마가 왜 일본 사람하고 결혼 못 하게 하는지 겨우 알 것 같아. 만난 지 얼마 안 됐을 때 내가 말했었지. 기억나? 나는 외국 사람하고는 결혼하지 않겠다고. 그런데 어째서 무책임하게 결혼하자는 말을 했어? 나를 외톨이로 내버려 둘 거면서. 제대로 사과도 안 할 거면서."

홍이의 목소리가 커지더니 마침내 주저앉아 울기 시작했

다. 안아 일으키려 했지만 홍이는 내 손을 뿌리쳤다. 그리고 지금까지 참아 왔던 것들을 한꺼번에 토해 내듯 큰 소리로 울었다. 어떻게 손을 뻗어야 할지 모를 정도로 이성을 잃고 흐트러진 모습으로……

"날 혼자 내버려 두고……."

나는 그제야 내가 벌여 놓은 일을 깨달았다. 바로 내 곁에서 죽어 가는 사람이 있다는 사실을 알지 못했던 것이다. 흥분한 홍이를 달래 보았지만, 그녀는 내 팔에 매달려 더욱 격렬하게 몸부림쳤다.

나는 예전의 나로 돌아가고 있었다. 말수가 적고, 말을 믿지 못하는 고독한 청년으로. 온몸의 힘이 빠지고 의식이 멀어져 갔다. 여기서 내가 도대체 뭘 할 수 있을까……

마루에 쓰러져 우는 홍이를 안아 일으키지도 못하고 나는 그대로 방을 뛰쳐나왔다.

"너희 일본 사람들은……."

홍이의 목소리가 귓가에서 떨어지지 않았다. 나는 항상 홍이의 편이라고 생각했었다. 그렇지만 어느새 나는 그녀의 가장 큰 적이 되어 있었다.

36

사인회가 끝나고 저녁 회식까지는 다소 시간이 여유로웠다. 도쿄에 연락할 일이 있어 저녁 회식 자리를 사양한 고바야시 칸나를 일단 호텔에 데려다주고 내일출판사로 향했다. 한적한 주택가 골목의 막다른 곳, 나무로 둘러싸인 고풍스러운 단독 주택을 회사로 사용하고 있었다.

입구에서 나를 맞아 준 홍이의 아버지 최한은 내가 마음속으로 그리던 모습 그대로였다. 사에키 시즈코가 그렇게 팬이라고 한 이유를 알 것 같은 풍채 좋은 신사였다.

대문과 현관을 들어서니 누군가의 집에 초대되어 들어가는 것 같은 청초하고 우아한 분위기가 느껴졌는데, 놀랍게도 안뜰에서는 개를 키우고 있었다. 나를 보고 짖는 개에게 최한이 굵직한 목소리로 타이른다. 그 목소리도 틀림없이 사에키 시즈코가 반한 이유 중 하나였을 것이다.

"어서 오십시오. 와 주셔서 감사합니다."

그의 일본어는 전문 통역자보다 자연스럽게 들려 무심코 일본어를 잘하시는군요, 하고 말했을 정도다.

"뭐 그리 대단한 건 아니지요. 우리 세대는 그런 교육을 강요당했었으니."

홍이 아버지는 안일한 내 역사 지식을 일축해 버리듯 말했다.

"난 친일파라 불리는 게 싫어 나 스스로 지일파라고 하지요. 별 차이 없는 것처럼 들릴지 몰라도 여기서 살다 보면 상당히 의미가 달라진다오. 특히 우리처럼 장사를 하는 사람에게는. 그러니까 일본 책을 취급하자면 말이오."

"그러시군요."

나는 고개를 끄덕인다. 목소리는 부드러웠지만 한 마디 한 마디에 무게가 실려 있다. 일본어를 한다고 해서 자신을 친일파라고 생각해서는 곤란하다고 하고 싶었던 건 아닐까. 그러나 잠시 이야기를 나누다 보니, 실은 그가 일본을 좋아한다는 것을 느낄 수 있었다. 내가 그 점을 지적하자, 그는 콧등을 긁으며 도쿄에서 신문사 특파원으로서 일하던 때가 몹시 그리운 듯 이야기를 시작했다.

"그래요. 일본을 좋아하죠. 우리 한국 사람들 중에는 일본 사람을 좋아하고 싶어 하는 사람도 많아요. 이 점을 사사에 선생도 알아주기 바랍니다. 선생이 쓴 『한국의 친구, 일본의 친구』의 유일한 결점은 아무래도 한일 양국의 역사를 공부해서 쓴 것 같은 부분이 눈에 띈다는 겁니다. 그야 역사를 체험한 적이 없는 선생한테는 당연한 일이고 잘 쓰셨다고 칭찬해야겠지만, 이런 의견도 있는 걸 알아주길 바랍니다."

나는 안도 히로시를 떠올렸다. 내 작품에 대해 분명한 의견을 말한 건 안도 히로시와 최한 두 사람뿐이다.

"당신이 쓴 소설로 돈을 벌면서 무례한 말을 했군요. 마음에 담아 두지 않았으면 합니다. 이 또한 일본인에 대한 일종의 우정이니."

나는 고개를 끄덕인다. 이 사람의 일하는 방식을 알 듯했다. 거짓말을 않는 정직한 사람일 것이다.

최한의 안내로 내일출판사를 둘러본다. 영업부, 디자인부,

그리고 편집부. 편집부는 넓은 응접실을 사용하고 있었고 편집자들의 책상에는 대나무로 짠 멋진 파티션이 쳐 있었다. 그 책상들 중에서 나는 인형을 발견했다. 내 방에서 홍이가 가져간 닥종이 인형이다.

"이 휘파람 부는 소년 인형은 누구 겁니까?"

최한이 미간에 주름을 지으며 이건, 하고 말했다. 최한을 대신해 이연희 과장이,

"그건 최홍 실장님 거예요."

하고 대답한다.

"인사를 드렸으면 하는데……."

내 말에 최한은,

"조금 전까지는 있었는데……."

하며 홍이를 찾으러 나간다. 나는 인형을 집어 들고 살펴본다. 그날 홍이가 가져간 소년 인형이 틀림없다. 어째서 다른 한쪽은 남겨 두고 갔을까. 왜 홍이는 이 소년 인형만 가지고 갔을까. 내 마음이 다시 혼란스러워진다.

그날 머리를 식힐 생각으로 방을 뛰쳐나온 나는 기치조지 거리를 헤매고 다녔다. 심야 영업 중인 레스토랑에서 맥주를 마시고 술에 취해서는 공원 벤치에서 잠을 잤다. 홍이가 쏟아

낸 말들의 무게를 감당하지 못해 발버둥 쳤다. 거칠게 갈라진 마음에 밤바람이 스며들었다. 몸을 움츠려 나를 꼭 껴안고 조용히 아침을 기다렸다. 어떻게 하면 좋을지, 어떻게 하고 싶은지 나는 알 수가 없었다. 그렇지만 바로 집으로 들어가 냉정을 되찾은 홍이와 마주할 필요가 있었다. 날이 밝자 편의점에서 따뜻한 커피를 사 마시고 역으로 향하는 사람들을 거슬러 집으로 돌아왔다. 현관문은 잠겨 있지 않았고, 집 안은 텅 비어 있었다. 내 집으로 들어오면서 홍이가 가지고 왔던 커다란 트렁크 두 개도 사라지고 없었다. 그리고 닥종이 소년 인형도……

소녀 인형만이 외롭게 내 책상 위에 놓여 있었다. 집 안 구석구석 찾아보았지만 소년 인형은 없었다.

최한이 홍이를 데리고 돌아왔다. 분당에서 마주쳤을 때와는 분위기도 공기도 달랐다. 혼이 빠진 인형 같은 얼굴로 아버지 곁에 서 있었다.

"오늘 사사에 씨와 함께 회식이 있다."

홍이는 나와 시선을 마주치려 하지 않았다. 나는 소년 인형을 그녀에게 내밀며 이거 당신 건가요, 하고 물었다. 홍이는 잠시 인형에 떨어뜨렸던 시선을 거두고 아뇨, 하고 힘없이 고개를 젓고는 말했다.

"그건 한때 제가 좋아했던 사람과 추억이 깃든 겁니다."

37

따뜻한 온돌이 차가워진 내 몸과 마음을 달래 준다. 회식할 때 자주 이용하는 예가예요, 하고 이연희 과장이 설명한다. 함께 온 직원들이 모두 즐겁게 식사를 하고 있다.

식탁에 빈틈이 없을 정도로 음식이 나오고 있는데, 일이 끝나면 합류하겠다고 혼자 회사에 남은 홍이는 좀처럼 모습을 보이지 않는다.

날 찾아왔던 남자에게 프러포즈를 받고 있을지도 모른다. 나도 모르게 한숨이 새어 나온다.

"일본과 한국의 미래는 밝다고 생각하십니까?"

마주 앉은 최한에게 물었다. 그래요, 하고 최한이 크게 고개를 끄덕이더니 말한다.

"나는 그런 희망을 갖고 일본 작품을 계속 소개하고 있어요. 그렇지만 실제로는 시간이 걸릴 겁니다. 진정한 의미의 신뢰 관계를 회복하기까지 앞으로 오십 년은 더 걸릴지도 모르죠. 하지만 그건 침략 전쟁이 있었으니 어쩔 수 없는 일입니다. 내가 아무리 일본을 좋아한다 해도 용서할 수 없는 마음은 지워지지 않아요. 그러나 나는 일본을 그리고 일본인을 좋아하고 싶습니다. 그래서 일부러 일본 문학을 소개해 오고 있는 겁니다."

앞에 앉은 최한에게 술을 따르려 했지만 손이 닿질 않았다. 두 손으로 따르는 것이 한국에서는 바른 예절로, 받는 쪽 역시 두 손이어야 한다. 손이 닿지 않을 경우는 한 손을 다른 손에 받치거나 가슴에 대고 따른다. 예를 다하는 국민성을 말해 준다.

"나는 일본 사람을 잘 알아요. 할 수 있는 말은 그뿐이오."

최한은 단숨에 술잔을 비웠다. 그가 내민 잔을 받아 들고 성의에 답하기 위해 나도 한 번에 들이킨다.

그때 홍이가 방으로 들어왔다. 이연희 과장이 자리를 비켜 그녀를 아버지 옆에 앉게 한다. 곧이어 종업원이 커다란 접시를 들고 들어와 내 앞에 놓으려 했다. 이연희 과장이 무슨 말을 하자 종업원이 놓던 접시를 다시 들었다. 그러자 이번에는 홍이가 이를 말리며 뭐라고 했다.

접시에 담긴 음식을 본 적이 있다. 그건 홍이가 기치조지 내 아파트에서 몇 번이나 만들어 준 적이 있는 오징어볶음이다.

최한이 홍이를 나무랐다. 늦게 온 데다 새삼스럽게 음식을 시키면 어떻게 하냐는 것 같았다.

"괜찮습니다. 제가 먹겠습니다."

홍이가 했던 말이 떠올랐다. 처음으로 나를 위해 오징어볶음을 만들었을 때였다. 마음처럼 되지 않았는지 시무룩해 있던 홍이는 언젠가 준고 생일에 정말 맛있는 오징어볶음을 먹게 해줄게, 하고 말했었다.

그리고 나는 오늘이 내 서른 번째 생일이라는 사실을 깨달았다.

홍이가 내 생일을 기억하고 있다는 사실에 마음이 흔들렸다. 음식으로 젓가락을 가져간다. 홍이가 만든 음식을 먹는 것 같아 나도 몰래 그날의 기억을 떠올린다.

"고마워요."

복받쳐 오는 기쁨이 눈물이 되어 흐르지 않도록 꾹 참으며 인사를 한다.

"고맙습니다. 실은…… 예전에 정말 좋아했던 한국 여자가 있었어요. 하지만 내가 그녀의 고독을 이해하지 못한 탓에 그녀는 아무 말 없이 한국으로 돌아가 버렸지요."

아버지가 곁에서 홍이의 얼굴을 살폈다. 홍이가 천천히 고개를 들었다. 그리고 서로의 눈동자 깊은 곳에 차마 다 숨기지 못하고 쌓아 둔 거짓을 찾아내고 만다.

홍이가 입을 열었다.

"이해하지 못했다는 건 선생님의 사랑이 거짓이었다는 거군요."

최한이 묵묵히 술잔을 비우더니 헛기침을 한다. 그리고 나를 향해 부드럽게 말했다.

"아직 끝난 게 아니죠. 사사에 선생, 그렇죠? 당신은 분명히 극복할 수 있을 겁니다."

홍이가 시선을 피했지만 나는 피하지 않았다. 갑자기 홍이가 일어나더니 저는 먼저 실례하겠습니다, 하고 말했다.

최한이 딸을 바라보며 뭐냐, 아직 십오 분도 채 안 됐잖아, 하고 나무란다.

"전부터 있었던 약속이에요. 사사에 선생님, 먼저 일어나서 죄송합니다. 앞으로도 좋은 작품 잘 부탁드려요."

가위로 가슴 한쪽을 잘라 낸 것 같은 아픔이 남았다. 홍이는 내게 희미하나마 희망을 던져 주었다. 그리고 그 희망이 채 부풀기 전에 다시 떠나려고 한다. 그렇다. 그녀의 약혼자 곁으로. 그의 프러포즈를 받기 위해.

나는 눈을 감고 마음을 진정시키려고 한다. 최한이 일본과 한국의 출판 사정에 대한 이야기를 시작한다. 애써 듣는 척하지만 마음은 그곳에 없었다. 그 한국 청년이 홍이에게 프러포즈하는 장면만이 뇌리를 스쳤다. 알을 부화시키는 어미 새처럼 따뜻한 온돌방에 웅크리고 앉아 있는 나 자신에게 어처구니없어하면서.

어째서 뛰어나가 그녀를 막지 못하는지. 어째서 또다시 겁쟁이가 되려고 하는지!

38

호텔로 돌아오니 로비에서 칸나가 나를 기다리고 있었다.

"내일 아침 첫 비행기로 후쿠오카에 가게 됐어. 좀 더 머물 수 있을 줄 알았는데, 구도 선생님이 시내 관광하시는 데 같이 다니게 되었어."

칸나가 아쉬운 듯 말했다. 나는 어쩔 수 없다는 듯 어깨를 들썩여 보인다.

"힘들겠다. 꼭 유치원 인솔 교사 같은걸."

칸나가 쓴웃음을 짓는다.

"그래서 마지막으로 함께 한잔하고 싶어서. 피곤하겠지만 괜찮지?"

우리는 밴드 연주가 이야기에 방해되지 않도록 바의 가장 안쪽에 자리 잡았다. 나는 벽을 등진 칸나 앞에 앉았다.

"사인회는 정말 대단했어."

"바다를 건넌 이곳에 그렇게 많은 독자가 있었다니 정말 기쁘다."

"정말 좋은 하루였지?"

"그래, 여러 가지 일이 있긴 했지만 뜻깊은 하루였다. 그리고 이렇게 오늘 서울에서 삼십 대를 맞이하는 것도 보이지 않는 신의 뜻일지도 모르고."

부드러운 눈빛으로 나를 바라보던 칸나의 눈에 순간 푸른 빛이 지나갔다.

"삼십 대? 맞다, 오늘 준고 생일이구나."

나는 고개를 끄덕이며 괜찮아, 나도 잊고 있었으니까, 하고 말했다.

"미안해."

"그러지 마. 생일에 사과받는 것도 그러니까. 그것보다 건배하자."

웨이터가 가져온 칵테일로 우리는 건배를 한다.

"도쿄에 돌아오면 제대로 축하 자리 마련할게."

칸나는 편집자답게 언제나 재빠르게 궤도를 수정한다. 원고를 수정하듯 인생에 대해서도. 빨간 글자를 집어넣거나 지우개로 지워 바른말을 정확한 자리에 적용해 가는 것이다.

홍이가 내 생일을 기억해 준 것이 기뻤다. 단지 그것만으로도 나는 지금까지 보내온 이 칠 년을 보상받은 것 같았다. 홍이가 그 남자의 프러포즈를 받아들일지는 그녀가 결정할 일이다. 내가 이러쿵저러쿵 생각할 문제는 아니다. 칠 년이란 세월이 지났는데도 내 생일을 잊지 않고 기억해 준 것만으로 나는 충분히 행복했다. 매년 이날에 홍이가 나를 생각해 주었다는 사실을 안 것만으로도. 내가 매년 구월 십삼일, 홍이의 생일에 먼 하늘을 바라보며 홍이를 그리워한 것처럼.

칸나가 이야기하는 학창 시절의 추억을 술안주로 우리는 금방 포도주 한 병을 비웠다. 삼십 년을 되돌아보며 나는 조용히 취해 가고 있다.

한 시간 정도 지났을 무렵, 쾌활하게 이야기를 하던 칸나가 돌연 이야기를 멈추었다. 고개를 숙이고 한참을 입을 다물고 있었다.

"왜 그래? 이야기 도중에 갑자기 입을 다물게. 또 무슨 이상한 생각이라도 난 거야?"

얼굴을 살피며 부드럽게 물어보지만 안색이 굳어 있다. 고개를 숙인 얼굴이 뭔가 기억을 더듬고 있는 것 같다.

"칸나?"

이름을 불러도 대답이 없다.

"왜 그래?"

겨우 얼굴을 든 칸나가 내 눈을 들여다본다.

"준고, 나한테 거짓말했었어?"

화가 난 눈으로 칸나가 묻는다. 조금 전까지의 밝은 미소는 사라지고 없다. 불과 몇 분 사이에 대체 무슨 일이 일어난 건지 알 수가 없다.

"어떻게 된 거야? 갑자기 그런 눈을 하고. 하고 싶은 말이 있으면 분명히 해야지. 안 그러면 어떻게 알겠어?"

고바야시 칸나가 내 뒤를 꼼짝 않고 바라보았다. 그러고는 말했다.

"이름이 뭐였지? 나 다음에 사귀었던 한국 여자……."

나는 칸나의 시선을 더듬어 뒤를 돌아보았다. 아무도 없다. 한쪽에서 연주하는 밴드가 보일 뿐이다. 나는 다시 칸나에게 고개를 돌렸다.

"그 사람이 당신 생일을 기억하고 있었던 거네. 나는 잊고 있었는데……."

칸나가 어떻게 그 사실을 알았는지 상상해 보지만 도무지 알 수가 없다. 나는 더 이상 거짓말을 할 수 없었다.

"그래, 맞아. 그 사람과 우연히 만났어."

"우연히?"

"그래, 우연히. 그녀가 내일출판사에서 일하고 있었어. 거기 사장님 딸이야."

칸나는 눈을 감고 잠시 아무 말 없이 골똘히 생각하는 것 같았다. 그리고 천천히 눈을 뜨고 다시 내 뒤를 바라보며 말했다.

"좀 전에 그 사람이……."

"뭐라고?"

"당신을 찾으러 여기까지 왔었어. 나를 노려보고는 가 버렸어."

나는 자리에서 일어났다. 칸나도 같이 일어났다.

"가지 마."

"미안해."

나는 칸나에게 한마디를 남기고 뛰쳐나왔다.

39

나는 로비를 뛰어다니며 홍이를 찾았다. 로비 어디에서도 홍이를 찾을 수가 없어 이번에는 주차장으로 나가 그녀의 파란 줄리엣을 찾아보았다. 하지만 역시 홍이는 없었다. 로비로 돌아와 주위를 둘러보았지만, 역시 마찬가지였다. 넋을 놓고 서 있는데 뒤에서 인기척이 났다. 놀라 뒤를 돌아보니 호텔 여직원이 크림색 꽃다발을 들고 서 있다.

"조금 전에 어떤 여자분께서 사사에 선생님께 전해 달라고 하셨습니다."

크림색 장미 꽃다발을 받아 든다. 꽃다발에 꽂힌 카드에는 일본어로 생일 축하해요, 홍이가, 라고 적혀 있었다.

홍이는 왜 날 찾아온 걸까. 그 남자에게 프러포즈를 받았다면 그의 곁에 있어야 하는 게 아닌가.

홍이는 고바야시 칸나를 기억하고 있었다. 오래전에 불과 몇 분간 마주쳤을 뿐인데. 그만큼 홍이에게 칸나는 마음에 걸리는 존재였단 말인가.

홍이는 내 앞에 앉아 있는 칸나를 보고 그대로 발걸음을 돌린 것이다. 홍이는 내게 무슨 말을 하러 왔던 걸까.

칸나와 이야기할 마음이 생기지 않아 나는 로비를 그대로 지나쳐 엘리베이터를 탔다. 엘리베이터에서 내려 울적한 마음으로 긴 복도를 걷는다. 열쇠를 꺼내려다 옆에 그림자가 있는 것을 깨달았다. 얼마간의 기대는 다음 순간 사라지고 말았다.

"준고."

어둠 속에서 칸나의 목소리가 들렸다. 어슴푸레한 탓에 그녀의 표정은 알 수 없지만 목소리가 젖어 있다. 나는 고개를 흔들며 치밀어 오르는 분노와 피로를 어디에 호소해야 할지 몰라 그저 어금니를 악물었다.

"준고, 오늘 밤만이라도 좋아. 함께 있게 해 줘."

"아니, 난 너무 지쳤어. 그리고 혼자 생각 좀 하고 싶다."

열쇠를 꺼내 꽂았다. 칸나를 제치고 안으로 들어가려 했지만 칸나가 억지로 끼어든다. 밀치락달치락하는 우리 둘 사이에 크림색 장미가 피어 있다. 장미 향기를 맡으며 아무 말도 않고 줄다리기를 한다. 칸나의 눈이 충혈되어 있다. 평소의 냉정함을 잃고 뭔가 각오를 한 눈이다. 그녀의 셔츠가 찢어지는 것 같은 소리에 나는 무심코 손을 떼고 말았다. 순간 칸나가 안으로 들어갔다.

"칸나, 부탁이야. 혼자 있게 해 줘."

나는 장미를 테이블 위에 놓으며 부드러운 말투로 말했다.

"싫어. 내가 지금 방을 나간다면 나는 당신을 완전히 잃고 말 거야."

나는 문을 활짝 열고 부드럽게 말한다.

"자, 어서."

칸나는 흐르는 눈물을 손등으로 닦으며 싫다는 말만 되풀이한다.

"단 한 번의 잘못을 그렇게 계속 나무라지 마. 난 이미 몇 년 동안이나 너만 바라보고 있잖아."

"그래, 고마워."

나는 가능한 한 상냥하게 말하고는,

"그렇지만 난 널 사랑할 수가 없어."

하고 단호히 말했다. 칸나가 그 자리에 주저앉아 울음을 터뜨린다. 남보다 몇 배나 자존심이 강한 여자가 겹겹의 자존심을 벗어던지고 울고 있다. 오열을 참으며 흐느껴 우는 칸나를 지켜보기가 괴롭다.

그날 칸나는 나를 위해 밤참을 보내 주었다. 『한국의 친구, 일본의 친구』의 출판이 결정되어 마지막 수정에 쫓기던 때였다.

우리는 예전에 홍이와 내가 매일 함께 식사를 하던 이인용 식탁에 앉아 생선초밥을 먹었다.

"이 소설, 분명히 팔릴 거야."

칸나가 단언했다. 그럴까, 하고 나는 성의 없이 물었다.

"어째서 그렇게 단언할 수 있지?"

"그건 편집자의 감이야."

칸나는 아직 신출내기 편집자였다. 감이라는 말을 할 수 있을 정도의 경험이 없었다. 그런데도 마치 십 년, 이십 년이나 편집 일을 해온 사람처럼 분명히 잘라 말했다.

칸나는 고개를 돌려 한참 동안 내 책상을 바라보더니 저기서 이걸 쓴 거야, 하고 물었다.

"당신한테 이런 재능이 있으리라고는 생각지 못했어. 그렇지만 그걸 발견한 순간 내가 관여할 수 있어서 기뻐. 우리가 예전에 연인이었다는 것뿐 아니라 지금부터 미래의 파트너로서 재출발할 수 있다는 것도."

칸나는 진지한 눈으로 나를 바라보며, 난 널 유명하게 만들어 놓을 거야, 하고 선언했다.

그리고 칸나는 매일같이 나를 찾아왔다. 야식을 챙겨 주기도 하고 참고가 될 책들을 보내 주었으며, 때로는 편집 의논 차.

홍이와 헤어진 지 사 년이 지났었다. 분명 그 무렵 나는 칸나에게서 고독을 치유하고 있었다. 어느 순간에는 칸나의 상냥함 속에 우정 이상의 것을 느낀 적도 있었다. 그런 마음에 잘못을 저지르지 않도록 신중을 기하며 나는 칸나와 일을 계속해 왔던 것이다.

40

바닥에 주저앉아 흐느껴 우는 칸나를 나는 그저 바라본다. 칸나와의 그리운 추억들이 차례차례 주마등처럼 지나간다.

"칸나, 이해해 줘. 난 홍이와 다시 시작하기 위해 칠 년이라는 시간을 기다렸다. 네가 정말 날 사랑한다면 내가 홍이와 행복해지길 빌어 줄 순 없겠니?"

"어떻게 그런 말을!"

칸나가 얼굴을 감싸 안았다.

"어떻게 그런 말을 할 수가 있어! 날 보고 어떻게 해달라고?

너희들 행복을 빌어 달라고? 나한테?"

"그래, 칸나. 질투나 원한 같은 건 잊어버리고 상대가 행복하기를 빌 수 있다면 이 세상에서 미움이나 분쟁은 사라질 거야."

"그럼 내 행복은 누가 빌어 주는데?"

"내가 빌어 줄게."

칸나가 일어서더니 얼굴을 붉히며 내게 말했다.

"그런 거 필요 없어. 내가 원하는 건 너야. 내가 손에 넣고 싶은 건 너뿐이라고!"

나는 칸나 뒤로 가 그녀를 안으려 했다. 칸나는 아이처럼 큰 소리를 치며 난폭하게 굴었다. 두 팔을 휘두르며 내게 달려든다.

"칸나, 그만해, 칸나!"

"싫어, 절대로 싫어. 절대로 인정 못 해. 하나부터 열까지 모두 다!"

나는 칸나를 끌어안고 진정해, 하고 귀에 대고 속삭인다.

그날 칸나는 책상 앞에 앉아 일하는 내 뒤로 와 날 안았다.

"준고, 다시 시작할 순 없을까?"

나는 칸나의 팔을 풀며 미안하다고 말했다.

"그렇지만 이렇게 네 곁에 있게 하잖아."

"그건 네가 내 담당 편집자고 지금은 출판을 위해 애쓰고 있는 중이니까."

"하지만 매일같이 날 집에 들이는 건 일 때문만은 아니지? 내가 이렇게 네 곁에 있는 게 사실 조금은 기쁘지?"

나는 칸나를 돌아보며 말했다.

"칸나, 내가 널 집에 들인 게 아니라 네가 마음대로 들어온 거야."

칸나가 입술을 내밀었다.

"공적으로든 사적으로든 좋아하지도 않는 사람을 집에 들이지는 않아. 인정하기 싫은가 본데 그건 날 좋아하는 거라고. 나하고 있으면 마음이 편해지는 거 아니야?"

나도 모르게 웃음이 나왔다. 여전하다. 옛날과 변한 게 아무것도 없었다. 자존심 강하고 자기중심적이고. 그렇지만 분명 그건 칸나의 매력이기도 했다.

"오늘 자고 가도 돼?"

나는 그 자리에서 아니, 하고 대답했다.

"준비해 왔어."

"뭘?"

"잘 때 필요한 거 다. 잠옷하고 칫솔, 목욕 타월 같은 거. 내

일은 휴일이니까 여유롭지? 아침에 뭐든 만들어 줄게. 준고가 좋아하는 계란 요리나 파스타라도."

나는 칸나 덕분에 확실히 외로움을 달랠 수 있었다. 혼자서 소설을 써 나갔다면 밀려오는 고독에 머리가 어떻게 되었을지도 모른다. 갓 쓴 원고를 가장 먼저 읽는 건 칸나였다. 고독한 우주에서 칸나는 기댈 수 있는 유일한 한 그루의 나무였다. 칸나가 거기 서 있어서 나는 미아가 되지 않았던 것이다. 그녀에게 기대어 안심하고 글을 쓸 수 있었다. 그리고 그 신뢰감은 날로 커져 갔다. 부엌 식탁에 앉아 내 원고를 읽는 칸나의 뒷모습이 그 무렵의 내게는 얼마나 큰 격려가 되었는지 말로는 표현할 수 없을 정도다.

"좋아. 아주 잘 썼어. 이런 식으로 가면 돼."

그녀의 한마디에 나는 몇 번이고 힘을 얻었다. 그 때문에라도 칸나를 이렇게 대하는 것이 괴롭다. 작가가 되는 길을 열어준 사람이자, 지금의 나에게는 중요한 파트너다. 만약 홍이를 만나지 않았더라면 칸나와 결혼했을지도 모른다. 그것은 그런대로 행복한 일이었을 것이다.

칸나가 내게 매달렸다. 그녀의 팔에는 익사하는 사람의 마지막 힘 같은 것이 배어 있다.

"나에게 행복은 너와 함께하는 거야. 너랑 같이 앞으로도 훌륭한 작품을 계속 만들어 내는 거라고."

칸나의 목소리가 떨렸다. 나는 슬퍼졌다. 내게는 그녀를 이렇게까지 만들 권리가 없었다.

"넌 내가 만들었어. 넌 내 빛이야. 내 모든 거라고. 난 내 행복만을 위해 빌 거야."

"칸나. 부탁이니 진정해. 더 이상 네게 상처를 주고 싶지 않아. 하지만 도저히 어쩔 수 없을 때도 있어. 내 마음은 내 거니까."

칸나를 안아 가만히 침대에 눕힌다. 칸나는 더 이상 저항하지 않았다. 조용해진 칸나가 울음을 참을 때마다 침대가 애처롭게 흔들렸다.

"문을 열어 둘게. 진정이 되면 칸나 방으로 가 주겠어?"

칸나는 대답이 없다. 흐느껴 우는 소리만이 실내에 퍼지고 있었다. 나는 고바야시 칸나를 방에 남겨 두고 어둑한 복도로 나왔다.

그리고 크게 심호흡을 한다.

41

홍이가 떠난 후 나는 마치 혼이 빠진 허수아비 같았다. 아무런 의욕도 없었고 학교를 빠지기 일쑤였으며 중요한 아르바이트였던 문예지 일도 그만두었다. 편집장은 정식 사원으로 고용할 생각이었는데, 하며 아쉬워했지만 어쩔 수가 없었다. 생각지 못했던 권유를 거절해야 할 정도로 홍이의 부재가 가져오는 고독은 나를 무기력하게 만들었다.

그때 유일하게 나를 달래 준 것이 윤동주의 시였다. 어느 때 윤동주는

"슬퍼하는 자는 복이 있나니."

하고 내게 속삭였다. 때로는 아무런 의욕도 없는 내 모습이 가여운 듯

"괴로운 사람아…… 바다로 가자."

하고 내 등을 떠밀어 주기도 했다.

"손목을 잡으면 다들 어진 사람들."

하는 위로의 말을 건넨 적도 있었고

"이글이글 불을 피워 주오. 이 방에 찬 것이 서럽습니다."

하고 외로움을 달래는 방법을 가르쳐 주기도 했으며

"내가 사는 것은 다만, 잃은 것을 찾는 까닭입니다."

하고 인생의 목표를 넌지시 가르쳐 주기도 했다.

이 시들을 몇 번이고 소리 내 읽으면서 나는 조금씩 기력을 회복할 수 있었다. 윤동주가 들려 준 시 덕에 나는 내 말들과 다시 마주할 수 있었다 해도 과언이 아니다.

소설을 본격적으로 쓰기 시작한 것은 홍이가 집을 떠나고 처음 찾아온 가을부터였다. 나는 다시 아르바이트를 시작했고 학교로 돌아갔으며 그리고 나머지 시간, 예전에는 홍이를 위해 썼던 시간에 나는 소설을 쓰기 시작했다. 원고지의 한 칸 한 칸을 채워 가며 그곳에서 내 존재 이유를 찾았다. 글을 씀으로

써 치유되고, 글을 씀으로써 구원을 받던 날들…….

윤동주가 일본에서 보냈던 그 가혹한 시간에 그를 지탱해 준 것은 모국어로 쓴 시가 아니었던가.

윤동주와 반대되는 입장에 있는 나에게 어떻게 그의 말이 마음을 울릴 수 있는지, 나는 진지하게 생각할 필요가 있었다. 일본인인 내가 안이하게 윤동주의 시를 이해한다고 잘라 말하는 것이 꺼려지지만, 국경을 뛰어넘어 남녀노소 불문하고 가슴 깊숙이 스며드는 시어의 폭넓은 보편성이야말로 윤동주 시의 가장 큰 매력이라고 하겠다. 그가 비웃지 않을 작품을 쓸 수 있을까, 나는 원고지와 마주할 때마다 나 자신에게 물었다.

서툰 문장이나마 형태가 갖추어지자 몇 번이고 소리 내어 읽으며 고치기를 거듭했고, 원고지가 새까매지면 새 원고지에 옮겨 적어 수정하기를 반복했다. 홍이를 마음속 등불로 밝혀 두고 그 자그마한 빛에 의지해 긴 시간 동안을 나는 써 내려갔다.

붓이 게으름을 피우거나, 혹은 지나치게 수다스러워질 때면 나는 윤동주 시집을 꺼내 읽었다.

죽는 날까지 하늘을 우러러

한 점 부끄럼이 없기를

잎새에 이는 바람에도

나는 괴로워했다.

1941년에 쓰인 서시의 첫 부분이야말로 내가 가장 좋아하는 윤동주 시의 핵심이라고 해도 좋다. 그러나 이 말들을 이해하기 위해 나는 일본과 한국의 역사를 학교에서 배운 것 이상으로 공부해야 했다. 홍이와 같이 있을 때는 돌아보려 하지도 않았던 역사의 무거운 책장을 넘기는 노력을 이제 나는 게을리하지 않았다. 이 짧은 시의 행간에서 시대의 틈바구니에서 괴로워한 그의 젊은 날의 고뇌를 발견할 수 있었다. 그리고 미래를 바라보는 인간의 투명한 희망에 대해 다시 생각하게 되었다.

인간은 한 점 부끄럼 없는 길을 걸을 수는 없다. 그러나 그렇기를 바랄 수 있다. 특히 순수한 감정을 지닌 젊은이에게는 가능한 일일 것이다. 거기에는 무모함이 있고, 진실만을 바라보려는 맑은 정신이 있고, 인간의 본질이 있다.

별을 노래하는 마음으로

모든 죽어 가는 것을 사랑해야지

그리고 나한테 주어진 길을

걸어가야겠다.

시의 첫 부분이 다음으로 연결될 때, 인간이 지니고 태어난 숙명과 한계를 넘어 기도와 같은 높은 경지로 승화되는 것을 읽는 이는 알게 된다.

거기에는 굳은 결의와 관대한 마음이 있다. 청년이 청년이 었기에 빚어낼 수 있었던 결정 같은 시다. 이 아름다운 정신 안에는 의연한 신념이 깃들어 있다. 시인의 말을 더듬어 가면 그 안에 담긴 용기와 가능성과 따뜻함을 동시에 알게 된다.

나는 한 점 부끄럼 없는 인생을 걷지는 못할 것이다. 하지만 이 시를 읽고 그렇게 간단히 단념해서는 안 된다는 것을 깨달았다.

홍이와 헤어진 다음 해『한국의 친구, 일본의 친구』의 첫 원고가 완성되었다. 하지만 누구에게도 보이지 않았다. 다 쓴 원고를 책상 속 깊이 넣어 두고, 그 속에 담은 생각과 마음을 다듬을 충분한 시간을 확보했다.

42

그 무렵 나는 오로지 원고지에 매달려 소설을 썼다. 젊은이들의 집단 자살이 끊이지 않는 병든 시대의 슬픔을 짊어지고, 그 원인이나 이유를 찾으려 하지 않는 어른들의 변함없는 무책임함을 곁눈으로 바라보며 내가 어떤 시대를 살고 있으며, 어떤 말을 가지고, 앞으로 어떻게 나가야 할지를 작품 속에 투영하려고 했다.

이미 학생이 아니었고 제대로 된 직업도 없이 사회적인 책임으로부터 멀리 떨어져 내가 누구인지조차 모르고 그저 묵묵히 소설을 향해 걸었던 나. 퇴고를 거듭한 작품이 어느 정도의 가치와 의미가 있으며 어떤 역할을 하게 될지도 모르는 채 중력도 인력도 없는 우주 한가운데에서 나는 소설을 썼다. 또한 그러한 내가 도대체 누구인지, 그 대답을 찾기 위해 나는 불안한 마음을 억누르고 돌진할 수밖에 없었다.

홍이와 헤어진 후 나는 글을 씀으로써 나 자신을 매어 둘 수 있었다. 직업이 없다는 것은 커다란 수치였다. 친구들의 호출에도 응하지 않았으며 그때까지의 모든 관계를 끊고 오직 홍이와 나 자신의 이야기를 써 갔다.

그런 내게 아버지는 불평 한마디 하지 않았다. 단지 나와 같은 길만은 가지 말아라, 하고 마치 당신에게 타이르듯 중얼거렸을 뿐이다.

"어쨌든 참으로 안타깝구나. 난 홍이가 아주 맘에 들었었는데. 너 같은 바보 아들론 역시 부족했던 모양이구나. 네 어머니가 집을 나간 다음에는 나도 너처럼 아무것도 할 수가 없었지. 그런 나쁜 점까지 넌 날 닮았구나."

한번은 어머니에게서 편지가 왔는데, 오케스트라의 매니지먼트 회사에서 사람을 구하고 있는데 관심이 없느냐는 내용이었다. 권유는 거절했지만, 이상하게도 홍이가 떠난 다음에는 어머니를 미워하는 일마저 없어졌다.

카페 안나의 주인이 길에서 날 불러 세웠을 때는 가슴이 몹시 삐걱거렸다.

"두 사람 결혼하는 거 아니었나? 홍이가 아무 말 없이 귀국했다지만 혹시 어디선가 다시 만나게 되면 또 커피 마시러 오라고 전해 주게. 언제든지 대환영이라고."

나는 작게 고개를 끄덕이고 그를 지나쳤다. 홍이와 헤어지고 나서 카페 안나로 발길을 돌리는 일은 더 이상 없었다.

교토 사가노의 사에키 시즈코 집에는 해마다 몇 번이나 찾아갔다. 시즈코는 마치 부모처럼 내 이야기에 귀를 기울여 주었다. 때문에 홍이와의 이별이 견디기 힘들어질 때면 나는 교토로 향했다. 아이가 없는 시즈코에게 해마다 몇 차례씩 찾아오는 나는 아들 같은 존재였다.

"준고, 넌 정말 바보구나. 그렇게 홍이를 잊지 못하면서 어째서 쫓아가지 않는 거니?"

나는 홍이의 한국 주소를 몰랐다. 사에키 시즈코는 홍이 아버지의 회사 전화번호를 알고 있었다.

"가르쳐 줄까?"

그녀는 내게 번호를 가르쳐 주고 싶어 했지만 나는 거절했다.

"홍이가 떠날 때 붙잡지도 못한 제가 이제 와서 뻔뻔스럽게 전화 같은 걸 할 수는 없어요."

"그럼 대체 어떻게 그 마음을 전할 생각인데?"

난 소설을 쓰고 있어요, 하고 말했다. 사에키 시즈코가 웃음을 터뜨렸다.

"만약 그 소설이 한국에서 번역되어 나오고, 또 우연히 그 책이 홍이 손에 들어가게 된다면 날 기억해 줄 거라고 믿어요."

그런 말을 하고도 나는 본명이 아닌 필명으로 소설을 썼다. 그런 나의 마음을 설명하기란 쉽지 않다. 어딘가 자신이 없었을 것이다. 나는 늘 끝에 가서 자신을 잃고 만다. 본명을 사용하는 것에 대한 거부감도 있었다. 두 사람의 인생을 그대로 옮겨 놓은 듯한 작품이었기 때문이다.

"어쩜 그렇게도 태평한지. 하지만 준고의 그런 마음을 이해할 수 있어. 넌 모든 것이 간단하게 처리되는 게 싫은 거지. 그래서 말을 믿지도 않으면서 소설을 쓰는 거고."

그러던 중 나는 고작 몇 주일 정도지만 사에키 시즈코의 가게에서 일하며 여름을 보냈다. 사람들이 몰려드는 관광철에 잠시 고향에 돌아온 아들 같은 얼굴을 하고 가게 일을 도왔다.

"저기, 홍이가 사는 곳을 알 수 있을 것 같은데 어떻게 할래?"

소설이 일본에서 발매된 직후 사에키 시즈코가 내게 말했다. 그녀가 내게 전하려는 종이쪽지에는 홍이 아버지의 주소가 적혀 있는 것 같았다. 나는 받지 않았다.

"삼 년 동안 전 오로지 작품에 매달렸어요. 지금 겨우 출판됐으니까 어떻게 될지는 지켜볼 수밖에 없지만, 그래도 전 이 작품이 계기가 되어 홍이와 만날 수 있기를 기대해요. 삼 년 동안 전 하루도 쉬지 않고 홍이에 대한 생각을 키워 왔어요. 그게 이 소설이고요. 그 마음에 거짓이 없다면 작품은 바다를 건너 홍이 손에도 닿을 거라고 생각해요. 거기에 모든 걸 걸어 보고 싶고요."

시즈코는 작게 고개를 끄덕이고 주소가 적힌 종이쪽지를 다시 주머니에 넣었다.

"언제든지 필요하다 싶을 땐 말해. 내가 할 수 있는 일이라면 뭐든지 할게."

어머니 같은 한마디에 눈물이 흐를 뻔한 것을 나는 꾹 눌러 참아야 했다.

43

연회장 앞 작은 로비에 마련된 소파에서 아침을 기다리기로 했다. 쓰러지듯 소파에 앉자 바로 졸음이 몰려들었다. 주위를 돌아보던 호텔 직원이 꾸벅꾸벅 졸고 있는 나를 보고 무슨 일 있으십니까, 하고 말을 건넨다.

　"이 소파가 마음에 들어서요. 여기서 좀 쉬어도 될까요?"

　호텔 직원은 영어로 물론이죠, 하며 미소를 짓는다. 그가 완전히 시야에서 사라지기도 전에 마음이 놓인 나는 바로 잠에 빠져 들었다. 그리고 꿈을 꾸었다.

몇 번이나 본 영화의 잊을 수 없는 장면 같은 꿈을. 꿈에서 홍이는 내 아파트로 돌아오려 하고 있다.

아직 서툴고 어설픈 홍이의 일본어 말투가 그녀의 첫인상과 겹쳐진다.

'윤오, 매일 아침 눈을 뜨는 게 너무 행복해. 널 또 만날 수 있다는 생각만으로도 그냥 웃게 돼. 매일 아침 나는 눈을 뜰 때마다 하느님께 감사드려. 오늘도 윤오를 만나게 해주셔서 감사합니다, 하고.'

그 무렵 홍이는 몇 번이나 같은 말을 했다.

'윤오. 오늘도 널 사랑할 수 있다는 게 너무 행복해.'

그곳에는 평화로운 행복이 가득했다.

나는 홍이와의 행복에 취해 있으면서도 현관문이 신경 쓰여 어쩔 줄 모른다. 곧 문이 열리고 거기에서 고바야시 칸나가 나타날 것을 꿈속에서도 알고 있는 것이다.

진작에 헤어졌는데도 칸나는 자기가 애인이라도 되는 얼굴로 나를 바라보며 말할 것이다.

'그러니까 준고, 다시 시작할 수 있지?'

기억과는 달리 꿈속에서는 모든 것이 변형되어 있다. 입구에 서 있는 고바야시 칸나는 머리가 천장에 닿을 정도의 거인이고 홍이는 다섯 살짜리 아이 같다.

'그건 안 돼. 나한테는 애인이 있으니까.'

나는 꿈에서 떨고 있는 나머지 목소리까지 떨렸다. 실제로는 의연하게 말했었는데, 세월이 지난 탓에 그 목소리는 불안정하고 흐릿하며 시들어 가고 있었다. 고바야시 칸나는 용이 불을 뿜듯 웃기 시작했고 나와 홍이는 더욱 위축되어 방 한 귀퉁이에 쪼그리고 있다.

'어리석은 소리 하지 마. 넌 내 거야. 그런 계집애한테 널 넘겨줄 것 같아? 평생 넌 내가 지배해. 내가 널 만들어 갈 거야. 넌 내 작품이니 내가 보살펴 주지. 그러니 넌 나랑 결혼해야 돼. 그리고 내가 이혼하고 싶을 때, 그때 넌 버려지는 거야.'

나는 놀라 눈을 떴다. 꿈이라는 것을 처음부터 알고 있었지만, 그래도 슬픈 한숨을 내쉬지 않을 수 없었다.

꿈에서 깬 뒤로는 잠들 수가 없어 뜬눈으로 아침을 맞이했다. 칸나에게 전화가 걸려 온 건 스포츠센터에서 땀을 흘리고 나온 다음이었다.

"지금 프런트야. 이제 출발하려고. 어제는 미안해……."

나는 대충 옷을 걸치고 서둘러 프런트로 내려갔다. 로비에서 고바야시 칸나가 기다리고 있었다. 작은 가방 하나가 그녀

발밑에 애완견처럼 누워 있다.

눈이 빨갛게 부은 칸나가 웃는 얼굴로 나를 맞았다

"몇 시 비행기인데?"

나는 무난한 질문을 한다.

"오후야."

"구도 선생님께 안부 전해 줘."

칸나는 그래, 하고 고개를 끄덕여 보이더니 가방을 들고 회전문 쪽으로 걷기 시작한다. 높은 천장과 안정된 분위기의 호텔 로비에는 보내는 사람과 떠나는 사람이 작별을 아쉬워하며 여기저기 둥글게 모여 있다. 우리는 함께 회전문을 지나 활짝 갠 밖으로 나왔다. 택시 승강장까지 걸어가며 칸나는 한마디도 하지 않았다. 벨보이가 택시 문을 열고 칸나의 작은 가방을 트렁크에 싣고서야 겨우 내 얼굴을 바라본다.

"준고. 넌 너무 말수가 없지만, 그 사람한테는 제대로 네 마음을 전해야 해. 눈을 바라보고 거짓 없는 네 마음을 그대로 전하는 거야. 그럼 반드시 그 사람도 네 진심을 알아줄 거야. 오랜 세월의 오해도 자연스럽게 풀릴 거고."

칸나가 미소를 지었다. 놀란 나는 그래, 하고 대답하고는 다음 말을 찾지 못하고 있다.

"꼭 행복해야 해. 준고가 행복하길 빌어 줄게."

칸나는 마지막 말을 남기고 택시를 탔다. 어떻게 된 영문인지 알 수가 없다.

조용히 닫힌 문이 우리 앞을 막았다. 당황한 나는 차창을 두드린다. 칸나가 차창을 내린다. 그리고 생긋 미소를 지어 보이며 말한다.

"힘내. 꼭 네 마음을 말과 성의를 다해 전하는 거야."

고바야시 칸나를 태운 택시가 미끄러지듯 달리기 시작한다. 칸나가 창밖으로 손을 내밀어 흔든다. 가늘고 흰 손가락 끝이 부드럽게 흔들린다. 어떤 얼굴로 어떤 마음으로 그녀가 손을 흔들고 있을지 상상하는 것만으로 가슴이 멘다.

까만 택시 차창으로 내민 흰 손이 내게 작별을 고한다. 안녕, 안녕, 하고 손이 말한다.

'고맙다, 칸나.'

호텔 앞에 혼자 남겨진 나는 마음으로부터 칸나에게 고마움을 전한다.

44

칸나를 보내고 나는 프런트 앞 소파에 앉아 한동안 힘이 빠진 상태로 체크아웃을 서두르는 사람들의 분주한 움직임을 바라보았다.

빨간 모자를 쓴 대여섯 살 정도의 백인 아이가 넓은 로비를 뛰어다니고 있다. 아이 어머니가 잡으려고 하지만 뛰어다니는 소년을 좀처럼 따라잡지 못한다. 소년의 건강한 웃음소리가 로비에 울려 퍼진다. 아이 어머니도 뒤쫓는 것을 단념하고 웃는다. 체크아웃을 마친 아버지로 보이는 남자가 이번엔 어머니를 대신해 소년의 뒤를 쫓는다. 소년이 꺄꺄 소리를 지르며 나를 향해 달려왔다. 나는 소파에서 일어나 소년을 그대로 안아 올린 다음 아버지 팔에 안겨 준다. 소년의 아버지가 한국말로 고맙다는 인사를 한다. 나는 소년을 향해 미소를 지어 보이며 안녕, 하고 한국말로 작별 인사를 한다.

취재 시간까지 아직 여유가 있었다. 일단 방으로 올라가 코트를 꺼내 입고 호텔 주변을 산책하기로 한다.

구름이 끼었지만 온화한 아침이다. 코트 깃을 세우고 나는 호텔을 나왔다. 목적지는 없다. 갈 수 있는 데까지 걸어갔다가 돌아올 때는 택시를 타고 올 작정이었다. 주머니에 손을 찔러 넣고 큰길까지 걸어가 본다. 지나가는 사람들은 나를 보고 일본인이라고 생각할까.

교차로에 서 있는데 누군가 내게 길을 물었다. 나는 모른다고 영어로 대답한다. 상대가 놀란 얼굴로 내 얼굴을 찬찬히 들여다보더니 뭐라 말을 하고는 지나갔다.

한 시간 정도 걷자 배가 고파 왔다. 식당을 찾아보았지만 눈에 띄지 않아 편의점으로 들어갔다. 비빔밥 도시락과 플라스틱 용기에 든 바나나우유를 샀다. 주택가 한쪽에 있는 공원 벤치에 앉아 먹기로 했다.

고추장이 든 작은 비닐을 찢어 도시락에 얹어 잘 비비고 나서 먹었다. 생각보다 훨씬 맛이 있어 나도 모르게 맛있다, 하는 말이 튀어나왔다. 아무 생각 없이 산 바나나우유는 더욱 감동적이었다. 어린 시절에 곧잘 마시던 것과 똑같았다. 너무나 반가워 무심코 용기 안을 들여다보았을 정도다.

다 먹고 난 용기를 비닐봉지에 담아 편의점까지 돌아가 그 앞에 놓인 쓰레기통에 버렸다. 이상하게도 뭔가를 이루어 낸 것 같은 상쾌함을 느낀다. 그리고 한편으로는 내가 여기서 뭘 하고 있는 걸까 하는 생각에 갑자기 우스워졌다. 지금 있는 곳이 어딘지 짐작도 가지 않는다는 사실이 우스웠다.

시계를 들여다보며 슬슬 호텔로 돌아가는 게 좋겠다고 자신을 타이른다. 하지만 좀 더 걸어 보고 싶었다. 이 길 어딘가에서 우연히 홍이와 마주칠 것 같은 느낌이 들어서.

고등학생처럼 보이는 무리가 웃으며 내 앞을 지나간다. 그들이 입고 있는 옷은 일본 젊은이들이 입고 있는 것과 전혀 다르지 않았다. 머리 모양도 색깔도 신발이나 목도리, 등에 진 배낭에 이르기까지. 다른 점이라고는 그들이 한국어로 이야기를 하는 것뿐이다.

대형 전자 제품 가게의 쇼윈도를 들여다본다. 삼성의 액정

텔레비전 화면에 일본 연예인과 닮은 귀여운 여자가 멋진 춤과 노래를 선보이고 있다. 한국어는 읽을 수 없지만 영문으로 'BoA'라고 쓰여 있다. 내가 보아, 하고 소리 내 읽자, 곁에서 쇼윈도 안을 들여다보던 나보다 연장자로 보이는 회사원풍의 남자가 무슨 말을 한다. 시선이 마주쳐서 나는 미소를 지어 보인다. 그는 기쁜 듯이 미소로 답한다. 나는 레코드 가게로 들어가 보아의 시디를 샀다. 그녀가 무대에서 소년들과 춤추던 모습이 머릿속에서 떠나지 않는다.

만약 내가 이 나라에서 태어났다면, 하고 레코드 가게를 나오며 생각한다. 나는 일본을 미워했을까. 아니면 일본인과 사이좋게 지내려 했을까. 홍이처럼 윤동주가 걸어온 길을 조사하기 위해 일본에 유학을 갔을까. 그리고 거기서 한국인인 나는 어떤 일본을 발견했을까.

예전에 홍이는 그곳에서 어떤 일본을 발견했을까. 이렇게 내가 지금 낯선 거리에서 일상의 모습과 만나고 있는 것같이 공통된 감촉을 느낄 수 있었을까. 아니면 좀 더 깊숙이 사회에 들어가 본 후, 밀려오는 서로 다른 민족 사이에 일어나기 쉬운 이해 부족이라는 바람에 절망했을까.

불과 며칠의 체재 기간 동안 한국과 일본의 차이를 느끼기란 쉽지 않다. 그래도 나는 이곳에 오기를 잘했다고 생각한다. 서울 어디에 있든 나는 홍이를 생각할 수 있다. 그날의 홍이가 되어 사랑하는 이의 조국을 느낄 수가 있다.

택시를 타지 않고 걸어서 돌아가기로 했다. 어떻게든 동대 문까지만 가면 호텔에 도착하는 건 문제없었다. 레코드 가게 로 돌아가 젊은 점원에게 영어로 동대문까지 가는 길을 물었 다. 자세하게 길을 가르쳐 준 점원이,

"보아를 좋아하세요?"

하고 묻는다.

나는 미소를 지으며 대답한다.

"She is so pretty."

그러자 청년이 얼굴 가득 미소를 짓고 엄지손가락을 세워 보이며 윙크를 했다.

도대체 그들과 나 사이에는 무엇이 있을까. 혹은 무엇이 없 을까. 나는 내가 누군지 내 정체성의 근간을 점점 알 수가 없 다.

45

하루 종일 신문사 취재에 응하면서도 나는 줄곧 내일 귀국을 앞두고 이제 어떻게 해야 할지를 고민했다.

"오늘 저녁 특별한 일이 없으시면 셋이서 식사라도 하시겠어요?"

마지막 취재가 끝나자 이연희 과장이 물었다. 셋이라는 건 통역해 준 여성을 포함해서다.

"그러고 싶지만 일이 좀 있어서 오늘은 사양하겠습니다. 식사는 룸서비스로 간단히 하지요."

이연희 과장이

"알겠습니다. 그럼 내일 세 시죠? 로비에서 기다리고 있겠습니다."

하고 말했다.

나는 통역을 해준 여성에게 감사하다는 인사를 하고 그곳을 떠났다. 내일 세 시면 호텔을 떠나야 한다. 남은 시간 동안 난 무엇을 할 수 있을까. 절망적인 마음으로 방으로 올라갔다. 창을 열자 저녁놀에 물든 남산의 웅장한 모습이 나를 압도한다. 분주하고도 기적 같았던 이 닷새 동안을 되돌아보며 지금 내가 할 수 있는 일이 무엇인지를 생각해 본다.

냉장고에서 차가운 포도주를 꺼내 마신다. 공복인 탓에 금방 알코올 기운이 올라온다. 성급한 별이 서울 타워 위에서 깜박이고 있다. 그 별을 홍이인 양 바라보며 나는 조용히 잔을 비워 간다.

밖으로 나갈 마음이 들지 않아 룸서비스로 일본 음식을 주문해 텔레비전을 보며 먹는다. 세계 각지에서 전달되는 뉴스를 물끄러미 바라본 뒤 목욕을 한다. 따뜻한 물에 몸을 담그고 닷새간의 피로를 푼다. 무엇을 해도 머릿속에서 홍이가 떠나지 않는다.

목욕 가운을 걸치고 남은 포도주를 마시며 어두워진 남산을 바라보고 있는데 갑자기 전화벨이 울렸다.

프런트 직원이 최홍이라는 분의 전화입니다, 연결해 드릴까요, 하고 물었다. 그리고 수화기 저편에서 홍이의 주저하는 듯한 목소리가 들렸다.

"여보세요, 준고……."

그다음에 들려오는 건 숨결뿐이었다. 나는 수화기를 고쳐 쥐고 홍이의 용기를 붙들기 위해

"전화해 줘서 고마워."

하고 가능한 한 부드럽게 말했다.

홍이가 응, 하고 대답한다.

"내일 돌아가지? 배웅은 못할 것 같아서 전화로라도 인사하려고……."

"내일, 아니 지금이라도 만날 수 없을까?"

마음을 가라앉힌 다음 나는 단어를 골라 가며 묻는다. 홍이는 잠시 망설이다 아니, 미안해, 하고 거절한다.

"홍, 난 꼭 해두고 싶은 말이 있어. 네가 많이 오해를 하고 있어. 고바야시 칸나도 네가 오해하고 있는 것 중 하나야. 내가 그녀를 부른 게 아니라 담당 편집자 자격으로 칸나가 마음대

로 쫓아온 거야. 그래, 지금 칸나는 내 담당 편집자야.『한국의 친구, 일본의 친구』를 낸 출판사에 근무하고 있거든. 하나하나 제대로 오해를 풀고 싶다. 특히 지난 일들에 대해서 시간을 가지고."

나는 스스로를 다독이며 할 수 있는 모든 말로 그녀를 붙들려고 했다. 안타깝고 초조했다. 애가 탔지만 전화로는 홍이의 표정을 알 수가 없다. 어떤 마음으로 전화를 걸고 있는지도 모른다.

"부탁이야. 내일 회사에 출근하기 전에 조금만이라도 시간을 낼 순 없겠지?"

"내일…… 회사를 쉬어. 집에서 할 일도 있고 오후엔 사귀는 사람과 만나기로 되어 있고……."

"사인회장에 왔던 그 사람이구나. 네게 청혼을 한다고 했지……."

희미하지만 홍이가 토해 내는 한숨이 거칠어진 것을 알 수 있다. 뭔가 고민을 하는 것 같다. 나는 필사적으로 수화기에 귀를 대고 조금이나마 그 뒤에 감추어진 소리를 들으려고 귀를 기울인다.

"청혼을 받아들이기로 했어."

홍이가 침묵을 깼다. 나는 엉겁결에 뭐라고? 하고 되묻고 만다.

"청혼을 받아들인다고?"

"그래. 그 사람의 마음을 받아들이기로 했어."

한숨도 탄식도 오열도 아닌, 그것들이 한데 얽히고설킨 거친 숨이 새어 나왔다. 눈앞이 캄캄해지고 주위는 절망으로 채워졌다. 이것으로 모든 것이 끝났다. 기적적인 재회는 두 사람의 관계를 확실하게 끝내기 위한 절차에 지나지 않았다. 기대했던 감정의 줄이 끊어지자 나는 어둠 속을 떠돈다.

"……축하한다."

그렇게 말하는 것이 고작이었다. 칸나에게 했던 말이 뇌리를 스친다.

"질투나 원한 같은 건 잊어버리고 상대가 행복하기를 빌 수 있다면 이 세상에서 미움이나 분쟁은 사라질 거야."

이번에는 내가 홍이를 축복할 차례였다. 분명히 세상은 그렇게 평화로워져야 했다.

"고마워. 조심해서 가."

"그래, 그렇게. 홍, 행복해라."

말문이 막혔다. 칸나처럼 웃는 얼굴로 손을 흔들 수가 없다.

당장 수화기를 내려놓지 않으면 나는 금방 주저앉아 울 것 같다. 눈물이 제멋대로 뺨을 타고 흐르기 시작한다. 숨을 멈추고 감정이 흐트러지지 않도록 참는다.

"꼭 행복해야 된다."

말을 끝내고 나는 수화기를 내려놓았다. 그리고 남산을 돌아보며 아무 주저 없이 울었다.

이는 새로운 아침의 시작인 동시에 지나간 시간의 종말이기도 했다. 커튼을 치지 않고 잔 탓에 나는 또다시 아침 햇살에 잠을 깼다. 어젯밤에는 얕은 잠 속에서 꿈과 현실 사이를 무수히 오가느라 제대로 잘 수 없었다.

프런트에 전화를 걸어 반나절 동안 이용할 콜택시를 부탁한다. 그리고 이번에는 망원경도 함께 부탁한다. 이대로 홍이를 만나지 못하고 일본으로 돌아간다면 나는 평생 후회하게 될 것이다. 얼굴을 마주 보고 분명하게 내 마음을 전해야 한다.

더 이상의 망설임은 없다. 어떤 결과가 기다리고 있건 내가 할 수 있는 일을 할 것이다.

"안녕하십니까."

일본어가 능통한 지난번의 젊은 기사였다. 그는 조심스러우면서도 반나절을 같이 보낸 연대감이 만들어 낸 친근한 미소를 지어 보였다. 나 역시 입가에 미소를 지으며 부탁합니다, 하고 인사를 한다.

"오늘도 분당입니까?"

"네. 지난번 호수로 부탁합니다. 그리고 오늘도 사람을 기다릴 작정입니다."

"알겠습니다."

운전기사는 대답을 하고 조용히 차를 출발시킨다.

난방이 잘된 차 안에서 얼어붙은 한강을 바라본다. 이 강에 살고 있는 용이 나와 홍이를 다시 만나게 해주었다. 비행기에서 내려다본 서울은 거대한 집적회로를 떠올리게 하는 도시였으며, 그 중심을 흐르는 한강은 이 나라를 움직이는 에너지의 동맥이었다. 태양 빛을 먹으며 성장하는 이 강의 주인인 용이야말로 이 현대적인 도시의 수호신이라고 하겠다. 나는 한강의 용에게 손을 모은다. 신앙과는 인연이 먼 내가 손을 모아 상상 속의 용에게 빌고 있다. 눈꺼풀 위로 강물에 반사된 빛이 느껴진다. 용이 뭔가를 이야기하는 것 같아 눈을 뜨고 흐르는 강 끝을 응시한다. 눈부신 빛 저편에서 뒤척이는 용의 꼬리를 본 듯하다.

"오늘도 몹시 춥습니다. 그 차림으론 역시 오래 못 계실 겁니다. 괜찮으시다면 제 방한복을 사용하시죠."

운전기사가 말했다. 나는 작게 고개를 저으며 아뇨, 이번엔 얇은 옷차림이라도 괜찮습니다, 하고 말한다. 운전기사가 잠깐 내 쪽을 돌아보고 어쩔 셈일까 하는 표정을 지어 보인다.

차는 서울 시내를 빠져나와 분당을 향해 달린다. 홍이와 만날 수 있다는 확신은 없다. 홍이는 오늘 회사를 쉬고, 오후에는 사귀는 사람과 만난다고 했다. 호숫가를 달린다면 오전 중일 것이다. 비가 오는 날도 바람이 부는 날도 홍이는 달리기를 멈추지 않았다. 오늘도 분명 달릴 것이다. 비록 홍이를 만날 수 없다 하더라도 그곳에 가는 것이 중요하다고 자신을 타이른다.

"만나실 수 있으면 좋겠습니다."

운전기사가 상냥한 목소리로 말했다. 나는 완전히 잎을 떨군 겨울나무를 바라보며 네, 하고 끄덕인다.

"예전에 교제했던 여자입니다. 그렇지만 오해와 어렸던 탓에 헤어지고 말았죠. 칠 년이 지났습니다만 잊을 수가 없군요. 오늘 오후 비행기로 한국을 떠나는데 잠깐이나마 볼 수 있으면 해서요."

누구에게도 한 적이 없는 이야기를 운전기사에게 한다. 이 사람이라면 아무 말 없이 들어줄 것 같았기 때문이다.

"그러셨군요. 그럼 선생님 소설의 반은 실화로군요. 소설은 해피엔딩이었는데 거기에는 사사에 선생님의 희망이 그려진 거로군요."

순간 당혹스러워 금방 말을 이을 수 없다. 운전기사가 서둘러 쓸데없는 말을 해서 죄송합니다, 하고 사과한다.

"아닙니다. 제가 먼저 이야기를 꺼낸걸요."

나는 대답한다.

그대로 시선을 창밖으로 풀어놓는다. 산의 나무들이 모두 잎을 떨어뜨려 살갗을 내보이고 있다. 햇살이 가냘픈 것을 보니 창밖의 추위가 전해져 온다. 나는 아득한 날들을 되돌아본다.

나는 칸나와 헤어진 뒤 우울한 날들을 보내고 있었다. 대학 사학년 봄이었다. 막 새 학기가 시작되었지만 도무지 기운이 나지 않아 만발한 벚꽃에 마음을 위로받으려고 이노카시라 공원 호숫가를 걸었다. 벚꽃이 호수 주변에 앞다투어 피어 있었고, 벚꽃놀이를 나온 사람들로 공원은 북적거리고 있었다.

호수 가운데 놓인 나무다리에서 바라보는 벚꽃은 한층 각별했다. 나는 난간에 기대 다리를 뒤덮다시피 피어 있는 벚꽃을 바라보았다. 흔들리는 벚꽃 사이로 홍이가 나타났다. 흰옷을 입은 탓에 순간 꽃의 요정이 아닐까 생각했다.

우리는 어쩐 일인지 처음부터 시선을 맞추었다. 나는 실연당한 지 얼마 되지 않았으면서도 홍이의 시선을 끌어당기고 있었다. 거기에는 생각지 못한 운명이 숨어 있었지만, 그때의 우리로서는 알 턱이 없었다. 마치 환상을 보듯 나는 가만히 홍이를 바라보았다.

달려오던 아이들이 그녀와 부딪혀 홍이가 들고 있던 닥종이 인형의 한쪽인 휘파람 부는 소년을 떨어뜨렸다. 인형이 굴러 내 발밑에서 멈추었다.

나는 인형을 주워 잠시 바라보고는 홍이에게 내밀었다. 상쾌한 바람이 불었다. 벚꽃잎들이 둘 사이에서 조용히 춤을 추었다. 홍이의 시선이 어떤 예감과 함께 내 마음을 휘감았다.

그렇게 우리는 만나게 되었다. 평온한 시작이었으나, 그 작은 만남 뒤에 두 나라를 걸친 운명적인 사랑과 이별이 기다리고 있었다. 몇 번의 기적이 둘을 만나게 한 것처럼 또 몇 번의 기적이 더해져 이렇게 우리 두 사람은 다시 만났다. 이것이 신의 못된 장난인지, 아니면 예정된 운명인지 나는 지금 그것을 확인하려 한다.

빛이 차창을 흐른다. 시간을 되돌리거나 멈출 수 있는 건 신뿐이다. 나는 운명을 끌어안을 수 있을까. 그 대답은 이제 곧 알게 될 것이다. 자동차가 고속도로를 빠져나가 홍이가 살고 있는 분당에 도착했다.

47

율동공원이다. 호수면을 떠도는 옅은 안개가 부드러운 겨
울 햇살을 받아 빛을 발하고 있어 마치 커다란 구름이 호수 위
에서 쉬고 있는 것 같은 착각을 일으켰다.

안개가 자욱한 건 이른 시간에 도착한 탓인지 모른다. 기온
은 지난번보다 조금 높은 듯하나 얼어붙을 것 같은 추위는 여
전하다.

약간 높은 언덕 바로 위 전망대 가까이에 차를 세웠다. 호텔
에서 빌려 온 망원경을 꺼내 사흘 전 홍이가 모습을 나타냈던

산책로를 바라본다.

"그렇군요. 여기서 망원경으로 지켜보면 추운데 일부러 내려가실 필요가 없죠. 그럼 방한복도 필요 없겠군요."

운전기사가 길게 뻗은 산책로를 내려다보며 말했다. 나는 망원경에 눈을 붙인 채 아닙니다, 하고 대꾸한다.

"만나려면 역시 내려가야죠. 만약 그녀를 발견하면 오늘은 분명히 제 마음을 전할 작정입니다. 그때는 긴 시간 동안 밖에 있어야겠죠."

운전기사는 입을 다물었다. 내가 어떻게 할지 그는 꼬치꼬치 묻지 않는다. 커피라도 드시겠습니까, 하더니 차에서 내린다. 전망대에 있는 자동판매기에서 캔 커피를 사다 줄 것이다. 그가 문을 연 순간 얼어붙을 것 같은 차가운 공기가 들이친다. 그 차가운 기운에 나는 다시 긴장한다.

그날 나는 홍이를 만날 수 없는 괴로움에 잠을 설쳤다. 구멍이 뚫려 버린 가슴속으로 바람이 불고 지나갔다. 밖은 맑게 개어 있는데 내 가슴속은 얼어붙어 있었다. 얼마 전부터 소설을 쓰기 시작했지만 생각처럼 붓이 움직여 주지 않았다. 주인공들과 우리가 자꾸 겹쳐져 괴로운 나머지 나는 자주 붓을 멈추어야 했다. 그때마다 이건 소설이니 일기가 되어서는 안 된다고 자신에게 타일렀다. 그러던 어느 날 갑자기 나는 달리기 시작한 것이다.

홍이의 마음에 다가가기 위해서는 머릿속으로 상상하는 것만으로 불가능했다. 홍이의 마음으로 달려 볼 수밖에 없었다.

붙박이장 깊숙이 넣어 두었던 운동화를 꺼냈다. 색이 바래 칙칙해진 아디다스 운동화는 고등학교 때 신었던 낡은 것이지만 옛 친구와 재회한 듯이 반가웠다.

홍이의 추억과 함께 공원을 달렸다. 나뭇잎 사이로 비치는 햇살 속으로 그녀에 관한 기억을 좇듯 전속력으로 달렸다.

한심하게 한 바퀴도 돌기 전에 숨이 턱까지 차고 옆구리에 통증을 느꼈다. 그래도 나는 달렸다. 홍이는 어떤 마음으로 달렸을까. 그녀 마음에 가까이 가려면 그날의 홍이가 되어 달려야 했다.

옆구리가 아프면 아플수록 이상하게 마음은 편안해졌다. 몸이 힘든 만큼 영혼은 깨어나는 느낌이었다.

두 바퀴째에는 발을 내디딜 때마다 더는 못 가겠다는 나약한 소리가 튀어나왔다. 제대로 호흡을 할 수가 없어 폐에서 헉헉 신음 소리가 났고 통증은 옆구리뿐 아니라 몸 전체로 퍼져 갔다. 그렇지만 세 바퀴째가 되자 육체적인 고통에 몸이 순응

하기 시작했고 힘들수록 오히려 정신이 치유되어 가는 묘한 현상이 일어났다.

너무 힘들어 바닥밖에 보지 못하던 내 눈이 힘껏 지면을 디 며 밟는 내 발을 발견했다. 내 발은 힘차게 땅을 딛고 그리고 차 올랐다. 나는 계속 발 아래만 보았다. 서서히 잡념이 사라지고 미혹마저 멀어져 갔다. 내딛는 발에 맞추어 호흡이 리듬을 찾 아갔다.

이노카시라 공원의 흙을 힘차게 밟는 내 발을 보며 나는 마음이 점차 가벼워지는 것을 깨달았다. 육체가 괴로울수록 그 것을 극복하려는 정신이 기지개를 켜는 것이다.

지지 않겠다고 나는 다짐했다. 그리고 네 바퀴째, 나는 어렴 풋이 나와 함께 달리는 홍이의 모습을 보게 되었다. 홍이는 땀 을 닦으며 내게 바싹 붙어서 달렸다. 홍이의 옆얼굴은 똑바로 앞만 바라보고 있었다. 그 늠름한 눈매, 곧게 뻗은 코, 힘찬 턱 이 나를 끌어 주었다.

홍이는 한국인으로서 일본에서 사는 고독과 싸우며 매일 이렇게 달렸을 것이다. 그런데 나는 달리는 그녀의 마음을 멈 추게 할 수가 없었다. 그래서 나는 부끄러웠다.

그녀는 타국에서 생활하는 외로움을 달리기로 달래며 다시 기운을 차리려 했음에 틀림없다.

그런 생각이 들었을 때부터 나도 쉼 없이 달리게 되었다. 『한국의 친구, 일본의 친구』를 쓰면서 나는 항상 달렸다. 그때의 홍이의 마음에 다가가 그녀를 좀 더 이해하기 위해 나는 비가 오나 눈이 오나 달리기를 멈추지 않았다.

운전기사가 캔 커피를 가지고 돌아온다. 드세요, 하며 내게 하나를 건넨다. 고맙다는 말을 하고 나는 따뜻한 커피를 입으로 가져간다.

"타인의 마음을 이해하려면 그 사람과 같은 입장에 서 보는 것이 중요합니다. 사람이란 상대방을 이해하는 것 같으면서도 실은 전혀 그렇지 못한 경우가 많죠. 상대방의 마음을 제멋대로 거짓으로 꾸미는 게 보통이에요. 이해하기 위해서는, 오해를 풀기 위해서는 긴 시간이 필요한 것 같습니다."

망원경을 들여다보며 나는 누구에게랄 것 없이 이런 말을 털어놓았다.

48

캔 커피를 두 개째 마셨다. 운전기사는 잠깐 잠이 든 걸까. 때로 얇은 코 고는 소리가 들려온다. 차를 이곳에 세운 지 벌써 두 시간이 지났으니 어쩔 수 없다. 그사이 호수 주변을 달리는 사람 몇몇이 내 시야를 지나갔다.

기분 전환을 위해 나는 차 밖으로 나간다. 목을 돌리고 기지 개를 켠다. 운전기사가 밖으로 나와 아직이네요, 하며 졸린 듯한 목소리로 말한다.

"네. 그렇지만 이렇게 기다리는 것만으로도 마음이 편합니다. 이 순간은 줄곧 그녀를 생각할 수 있으니까요."

운전기사가 상냥하게 미소를 지었다. 그리고 다음 순간 갑자기 눈을 가늘게 뜨고는 저, 하며 먼 곳을 가리킨다. 뒤돌아보니 산책로 끝에 사람이 보였다. 그 모습은 작지만 낯익었다. 나는 서둘러 망원경을 들여다본다.

"왔습니다……."

홍이가 바람을 가르며 경쾌하게 달려온다. 그녀의 발이 규칙적으로 땅을 차고 오를 때마다 내 감정도 격렬하게 흔들렸다.

망원경을 차 안에 아무렇게나 던져 넣고 재킷을 벗어 티셔츠 차림이 된다. 아래는 청바지와 운동화다.

"어떻게 하시려고요?"

"함께 달릴 겁니다."

"네? 뭐라고요?"

"같이 달릴 겁니다. 지금부터."

나는 대답을 남기고 비탈길을 내려가기 시작한다. 그동안 홍이는 갈대밭을 지나쳤다. 나는 그녀를 뒤쫓지 않고 그녀와 반대 방향으로 달리기 시작했다.

홍이와는 호수 반대편에서 스칠 계산이었다. 예전에 홍이는 이노카시라 공원의 호숫가를 매일 몇 바퀴나 돌았다. 율동

공원 호숫가도 틀림없이 여러 바퀴 달릴 것이다.

채 따뜻해지지 않은 몸을 성급하게 움직인 탓에 심장 주위가 아프다. 홍이를 만나기 전에 몸을 따뜻하게 만들어야 한다. 그리고 지금까지 지나온 우리 두 사람의 시간을 직시해야 한다. 한 발 한 발 내딛을 때마다 나는 새로워진다.

칠 년 동안 홍이를 생각하며 달려왔다. 그동안 몸은 준비가 되었다. 이제는 정신이 따라와 주기를 기다릴 뿐이다. 몸을 풀면서 조금씩 속도를 올려간다. 이 길의 끝에 홍이가 있다. 나를 발견하고 홍이는 무슨 생각을 할까.

햇살이 내가 달릴 길을 비춘다. 호수면이 눈부셔 눈을 가늘게 뜬다. 이 괴로움을 닦아 내기 위해 나는 지금 달리고 있다. 내 영혼과 정신은 오직 한 사람, 최홍을 향하고 있다.

나는 한 걸음 한 걸음 홍이와 가까워지고 있다. 내 마음을 전하는 것은 말이 아니다. 말도 필요하지만, 지금은 함께 달리는 것이 중요하다. 말은 그다음에 의미를 갖게 된다. 형식적으로 속이거나 순간을 모면하려고 얼버무려서는 마음을 비끄러맬 수 없다. 그래서 나는 이 칠 년 동안 달려온 것이다. 홍이와 함께 달리고 싶다. 설령 거기에 더 이상의 미래가 없다 하더라도 일본에 돌아가기 전에 나는 홍이와 함께 달려야 한다.

끝까지 달렸을 때 나는 비로소 홍이에게 용서를 구할 수 있게 될 것이다.

내 몸과 마음에 타이르며 호숫가를 달린다. 커다랗게 커브를 돌아 곧게 뻗은 길에 들어서자 이윽고 앞에 사람이 보였다. 그 한 점을 똑바로 응시하며 계속 달린다. 홍이는 어디쯤에서 나를 알아볼까.

그날 두 사람은 이노카시라 공원 나무다리 위에서 스쳐 지나갔다. 빛나는 햇살들 속에서 우리는 운명을 주고받았다.

그날 나와 홍이는 삐걱거리는 침대에서 하나가 되었다. 마음과 육체가 하나가 되어 더할 나위 없는 사랑을 나누었다.

그날 우리는 우산을 받쳐 들고 빗속을 걸었다. 비가 세차게 내릴수록 나는 홍이를 가까이서 느낄 수 있었다.

그날 두 사람은 나뭇잎 사이로 비치는 햇살 속에서 키스를 했다. 소리 없이 다가오는 이별의 그림자를 알아차리지도 못하고.

그날 우리는 함께 웃었다.

그날 우리는 등을 돌리고 잤다.

그날 우리는 누가 먼저랄 것 없이 손을 뻗었고, 누가 먼저랄 것 없이 이야기를 시작했으며, 누가 먼저랄 것 없이 서로를 어루만져 주었다.

그날 나는 나무 그늘에서 혼자 달리는 홍이를 지켜보았다.

그날 나는 흐느껴 우는 홍이를 꼭 끌어안았다. 윤동주 시를 읽어 주는 홍이의 목소리를 자장가 삼아 잠이 들었다. 홍이가 만든 이상한 음식을 남김없이 먹었다. 카페 안나의 늘 같은 자리에서 우리는 언제까지고 우리의 미래를 이야기했다.

그날의 홍이는 여전히 내 안에 살아 있다. 아직 내 안에 살고 있다.

나는 달리며 천천히 오른손을 들었다. 맞은편에서 달려오는 홍이는 아직 나를 알아보지 못한다. 두 사람의 거리가 점점 좁혀져 간다. 과거가 현재로 밀려오듯, 그리고 미래로 더욱 확대되어 가듯.

마치 성화 주자나 되는 양 나는 오른손을 높이 든다. 홍이가 얼굴을 들어 문득 나를 발견한다. 무슨 일이 일어난 건지 자신을 의심하는 듯한 표정이다.

나는 놀란 홍이를 그대로 달려 지나간 다음 앞에서 유턴해 전속력을 다해 홍이 곁으로 달린다. 홍이는 속도를 조금 늦추어 내가 쫓아오기를 기다렸다. 내가 홍이를 앞지르자, 당황한 홍이가 속도를 다시 올리며 뒤쫓아왔다. 홍이가 내 얼굴을 들여다본다. 나는 홍이를 향해 웃었다. 그리고 다음 순간, 홍이의 얼굴이 활짝 빛났다. 그것은 예전 그대로의, 그리운 홍이의 웃음 띤 얼굴이었다.

49

홍이가 나를 따라잡자 우리는 단거리 주자처럼 경쟁을 시작했다. 홍이가 나를 제치고 앞섰다. 나는 바로 그녀를 쫓아가 다시 선두를 차지한다.

　"무리하면 몸에 안 좋아."

　홍이가 나를 향해 충고한다.

　"너야말로 무리하지 마."

　내 말에 홍이가 입술을 내밀고 속력을 냈다. 그녀가 속력을 올리면 나는 홍이를 따라잡기 위해 한층 빨리 달렸다.

훈훈해진 몸은 평소 연습한 보람이 있어 점점 유연하고 다이내믹하게 움직였다.

이 칠 년 동안의 마음을 믿게 하려면 달릴 수밖에 없다. 매일 십오 킬로미터를 달렸다. 그동안 나는 이 호숫가를 네 바퀴 돌 정도의 힘을 길렀다.

"그때부터 계속 달렸어."

"그때부터?"

"너와 헤어지고 나서 내내. 네 마음에 다가가려고 계속 달렸어."

"치! 거짓말. 그런 거짓말은 듣고 싶지 않아."

"거짓말인지 아닌지 몇 바퀴를 더 돌면 믿어 줄래?"

홍이가 속력을 내 나를 떼어 놓았다. 나도 지지 않고 속력을 낸다. 심장이 온몸으로 힘차게 피를 보낸다. 우리는 앞서거니 뒤서거니 하며 햇살이 쏟아지는 호숫가를 반 바퀴 돌았다.

그리고 한 바퀴 더. 우리는 아무 말도 하지 않고 달린다. 약 사 킬로미터의 호수 주변을 우리는 벌써 두 바퀴째 돌고 있다.

나를 돌아보는 홍이의 얼굴은 놀라움을 감추지 못했다. 나는 미소를 지으며 그녀 바로 곁에서 달린다.

"난……."

홍이가 조금 큰 소리로 말한다.

"난 너와 헤어지고 나서 한동안은 달릴 수도 없었어."

땅을 차고 오르는 감촉이 등뼈를 타고 뇌까지 전달된다. 단단한 대지의 느낌이 좋다. 리듬도 경쾌하다.

"달리면 네 생각이 날까 봐……. 그런데 달리지 않아도 생각이 나니까 괴로워졌어."

홍이와 눈이 마주쳤다. 홍이는 시선을 피해 앞을 향한다.

"그래서 하는 수 없이 다시 달리기 시작했지."

갈대밭이 바람에 흔들린다. 몸이 불덩이처럼 뜨거워졌다. 입을 크게 벌리고 가슴 깊이 숨을 들이마신다.

"난 너와 헤어진 다음부터 쭉 달렸지. 네가 달리던 이노카시라 공원을 널 대신해서."

홍이가 다시 속력을 낸다. 내 말이 거짓이라는 것을 폭로하려는 듯 필사적이다. 나는 홍이에게서 떨어지지 않는다. 사이가 벌어지면 금방 따라잡았다. 홍이 역시 숨이 차 있다. 나도 마찬가지로 힘들다. 그렇지만 지금까지의 고독에 비하면 아무것도 아니다. 오히려 행복한 고통이라고 할 수 있다.

세 바퀴째로 접어들자 둘은 경쟁을 멈추고 나란히 달리게 되었다. 나는 홍이 옆에 바싹 붙어 달린다.

"놀랐어. 정말로 달렸었구나. 정말로 달리지 않았다면 아무리 남자라도……."

나는 땀을 닦으며 그래, 하고 큰 소리로 대답한다.

"그래, 정말로 달렸어. 그것밖엔 할 수가 없었거든. 말로 분명하게 설명했더라면 이렇게까지 먼 길을 돌아오지 않아도 됐을 텐데. 하지만 계속 달렸기 때문에 그때 네가 어떤 마음이었는지 알게 되었지. 외로움을 달래기 위해 넌 혼자서 달렸다는 걸……. 난 그때 너와 함께 달렸어야 했다. 난 너에 대해 뭐든지 알고 있다고 생각했는데 실은 가장 중요한 것을 알지 못했던 거야. 내가 생각이 모자랐어."

홍이는 잠자코 정면을 향하고 있다. 좀처럼 대답이 없다. 달리면서 생각을 하고 있을 것이다. 늘 그렇듯 달리면서 그녀는 자신의 마음에 대해 생각하고 있을 것이다.

그때 홍이는 고독을 메우기 위해 언제나 달렸다. 아르바이트에 쫓기는 나와 함께할 수 없는 외로움을 달리기로 메우고 있었다. 지금 나는 홍이가 느꼈던 그 고독의 속도를 따라잡았다. 그녀의 외로움을 지금의 나는 이해할 수 있다. 이것만은 사실이다.

정면을 바라보던 홍이가 갑자기 눈을 크게 뜬다. 홍이의 시선을 더듬어 나도 앞을 바라본다. 갈대밭 언덕 끝에 운전기사가 서 있다. 그가 크게 손을 흔든다. 곁을 지나가자 운전기사는 일본어와 한국어로 소리쳤다.

"힘내세요, 두 분!"

"누구?"

"콜택시 운전기사. 우리 편이지."

내 말에 홍이가 운전기사를 향해 손을 흔들었다. 나는 기뻐 홍이 흉내를 낸다. 운전기사가 자기 일인 양 기뻐한다.

"힘내세요!"

남자의 목소리가 멀리서 들려온다.

가슴속이 신선한 공기로 채워져 간다. 지금껏 한 번도 느껴보지 못한 상쾌한 성취감과 함께.

다시 반 바퀴를 돌았을 무렵 나는 말했다.

"내가 나빴다. 내가 나빴어."

바람에 지워지는 것 같다. 나는 당황해서 뱃속 깊은 곳으로부터 목소리를 끌어내 외쳤다.

"미안하다. 내가 잘못했어. 그때 널 외롭게 해서."

홍이가 나를 바라본다. 홍이 눈에 눈물이 그렁그렁하다. 커다란 눈물이 그녀의 눈꼬리를 타고 옆으로 흘러 유성처럼 사라진다.

"아니, 우리가 잘못했어."

홍이의 목소리가 부드럽게 내 귀에 닿았다. 누가 먼저인지도 모르게 우리는 서로 손을 잡았다. 홍이의 얼굴에 미소가 넘친다. 내 마음에 빛이 돌아왔다.

속력을 늦추지 않았다. 이대로 빛이 되어 버리면 좋겠다고 생각하면서.

함께 건너는 다리

　나와 공지영 씨는 친구도 아닐뿐더러 안면조차 없는 사이였다. 하지만 처음 만난 자리부터 우리는 이유를 알 수 없지만 이 작품에 대한 강한 사명감과 깊은 우정을 느낄 수 있었다. 때문에 어떤 힘든 국면에서도 남매처럼 함께 미소 짓고 서로를 격려하며 이 일을 마칠 수 있었다.

　이 소설은 '한일 우호의 해'를 위해 쓰였다. 지난 11월 말에는 무사히 신문 연재를 마치고 마치 크리스마스 선물처럼 이렇게 두 권의 역사적인 연애 소설로 출판하게 되었다. 그러나 여기에 이르기까지 말로 표현할 수 없는 많은 장애가 있었다. 두 나라 사이에 가로놓인 역사의 어둡고 슬픈 강은 피할 수 없었고, 무엇보다 실제 작업에서는 언어와 문화, 관습의 차이로 끊임없이 크고 작은 문제가 발생했다. 함께 작업한 상대가 공지영 씨가 아니었더라면 분명 그러한 난관은 극복할 수 없었을 것이며, 또 소설로서의 완성도 보지 못했을 것이다. 나는 이 만남에 보이지 않는 신의 손길이 닿았다고밖에는 생각할 수 없다.

되돌아보면 '한일 우호의 해'를 비웃기라도 하듯 양국 간을 오가는 배에 불어오는 바람은 순풍만이 아니었다. 그때마다 이 기획의 불씨가 위태로워졌으나 번역가인 김훈아 씨를 비롯하여 출판사, 에이전트가 한데 힘을 모아 불꽃이 꺼지지 않도록 바람을 막으며 태풍이 무사히 지나가기를 기다렸다. 이 불꽃은 그렇게 지켜진 것이다.

나는 이번 작품을 두 나라 역사에서 매우 드물고 기쁜 사건으로 평가하고 싶다. 이런 기획은 지금까지 누구도 한 적이 없었고 할 수도 없었다. 정치적으로 해결할 수 없는 우호의 방법으로 우리는 함께 손을 잡고 걸어온 것이다. 아직은 논두렁처럼 좁은 길이지만 많은 독자가 이 길을 걸어 줄 것임에 틀림없고, 그로써 논두렁은 언젠가 고속도로처럼 넓고 시원하게 뚫릴 것이다.

공지영 씨가 그린 작품은 때로는 대륙적으로 힘찼고 때로는 반도적으로 섬세했으며 풍부한 감성으로 읽는 이의 마음을 사로잡았다. 오늘을 사는 한국 여성의 삶과 모습과 사랑법을 알 수 있어 흥미로웠다. 섬나라에서 태어난 내 문체와 공지영 씨의 문체가 바다를 사이에 두고 조용하게 서로 녹아들었다. 정말 이 작품에 어울리는 파트너였다.

'한일 우호의 해' 끝자락에서 이 작품의 출간을 볼 수 있어 무척 기쁘다. 이건 우리들의 꿈이기도 했다. 이제는 서로가 진정으로 마음을 열 수 있는 시대가 오기를 기대한다. 젊은 세대는 분명 이룰 수 있을 것이다. 홍이와 준고처럼. 그리고 이를 위한 노력을 나는 아끼지 않을 것이다. 내가 정말 좋아하는 한국 독자들에게 사랑받는 것이 나의 또 하나의 꿈이다(여러분 감사합니다!).

마지막으로 이 작품을 누구보다 따뜻하게 지켜봐 주고 이끌어 준 숨은 공로자인 번역가 김훈아 씨에게는 마음 깊은 곳으로부터 감사를 드립니다. 벽에 부딪칠 때마다 얼마나 많은 격려와 힘이 되어 주었는지 모릅니다. 당신은 번역가의 영역을 넘은 훌륭한 편집자이기도 했습니다. 고마워요. 그리고 그동안의 무리한 요구와 고집을 용서 바랍니다. 소담 출판사의 이장선 씨와 열혈 이태권 사장님께 그리고 양국 에이전트 분들께 감사의 뜻을 전합니다. 그렇군요, 한겨레의 최재봉 기자께도 우정 어린 감사를 전합니다. 함께 달리겠다던 시민 달리기 대회에서 약속을 어긴 것만 빼고요. 다시 다 함께 노래방에 갈 날이 기다려집니다. 공지영 씨와 소주로 건배를 하며 나는 큰 소리로 외칠 것입니다. 아자!

2005년 12월 눈 내리는 파리에서
츠지 히토나리

부지런한 풀무질과 배려로 일군 불꽃

작년 가을 이 작품의 번역을 맡기로 했다. 메일 박스를 열어 보니 그동안 츠지 씨와 주고받은 메일이 팔백여 통이 넘었다. 하루에 한 번 이상, 많을 때는 대여섯 번씩 메일을 주고받았으니 소설 원고량에 못잖은 긴 이야기들이 쌓였다. 이제는 츠지 씨의 파리에서의 생활과 원고를 쓰는 시간, 그곳의 일기 변화까지 눈에 들어오는 것만 같다.

대학 시절부터 맺어 온 일본과의 인연은 제법 오래되었다. 이번 일을 함께하지 않았더라면 나름대로 '한일 우호의 해'의 의미를 새기거나 생각할 시간을 갖지 못하고 지나쳤을지 모르겠다. 하지만 이번 작품의 번역은 그동안 쌓아 온 인연들을 되돌아보게 했고, 츠지 씨의 작품은 우리말로, 공지영 씨 작품은 일본어로 번역하며 내게 하루하루가 도전이었다. 모국어가 아닌 외국어로 우리말이 갖는 특성과 감칠맛을 제대로 옮기는 것은 생각보다 훨씬 어려운 일이었고, 문득문득 느끼는 벽이 자칫 독자들을 불안하게 하지는 않을지 걱정스러웠다. 끊임없는 격려와 조언으로 무사히 마칠 수 있게 해준 일본의 친구들과 츠지 씨께 감사의 마음을 전한다.

전혀 다른 세계를 가진 작가가 함께 작품을 씀으로써 일어나는 '화학반응'을 곁에서 바라보는 것은 무척이나 흥미로웠다. 아름답고 화려한 불꽃에 감동했으며, 때로는 기대했던 불꽃이 보이지 않아 당혹스러울 때도 있었다. 그럴 때마다 츠지 씨는 지치지 않고 풀무질을 했으며, 공지영 씨는 넓은 배려와 조언으로 균형을 맞추었다. 상대에 대한 전적인 신뢰와 우정이 있었기에 가능한 일이었다.

현재 우리 서점에는 츠지 씨를 비롯한 일본 작가의 작품이 즐비하다. 하지만 한류 붐으로 떠들썩한 일본의 대형 서점을 들여다보면 우리 문학 작품은 이제 겨우 책꽂이의 한두 줄을 자리하고 있을 뿐이다. 어떤 예술 장르보다 전달되는 데 시간이 걸리며 멀티미디어 시대에 문자로만 승부해야 하는 문학은 독자의 노력마저 요구하는 일인지도 모르겠다. 이번 작품이 현재의 우리 문학을 일본에 알리는 작은 계기가 되기를, 그래도 우연히 들어선 작은 서점에서도 우리 작가의 책을 볼 수 있는 날이 가까워지기를 기대해 본다.

작품이 만들어지는 동안 츠지 씨는 파리에서, 공지영 씨와 역자인 나는 노트북을 들고 다니며 서울과 도쿄, 때로는 프랑크푸르트 등에서 이메일을 주고받았다. 하지만 "요보세요" 하고 예고 없이 걸려 오는 츠지 씨의 전화와 실시간에 배달되는 이메일은 전혀 공간적인 거리를 느낄 수 없게 했다. IT 시대의 수혜를 실감하기에는 충분한 작업이었다. 세계를 달리하는 작가가 만나서 일으키는 화학반응과 국경과 언어를 초월한 새로운 시도와 함께 이러한 이십일 세기의 환경이 앞으로의 문학 작품에 어떤 역할을 하게 될지 궁금하다.

멋진 경험을 할 수 있게 해주신 두 분 작가와 소담 출판사, 그리고 한겨레신문사에 감사드린다.

2005년 겨울, 첫눈을 맞으며
김훈아

사랑 후에 오는 것들

펴 낸 날 | 2005년 12월 20일 초 판 1쇄
         2024년 8월 15일 개정판 1쇄
         2024년 10월 8일 개정판 2쇄

지 은 이 | 츠지 히토나리
옮 긴 이 | 김훈아
펴 낸 이 | 이태권

책임편집 | 정지원
북디자인 | 김혜수

펴 낸 곳 | 소담출판사
서울특별시 성북구 성북로5길 12 소담빌딩 301호 (우)02880
전화 | 02-745-8566 팩스 | 02-747-3238
등록번호 | 1979년 11월 14일 제2-42호
e - mail | sodambooks@naver.com
홈페이지 | www.dreamsodam.co.kr

ISBN 979-11-6027-451-6 04830
     979-11-6027-449-3 (세트)